Arthur Machen
Furcht und Schrecken

SERIE PIPER
Band 1401

Zu diesem Buch

Ein mysteriöser Unfall rottet die Arbeiter einer Munitionsfabrik in Nordengland aus. Die Angehörigen der Opfer dürfen die Leichen nicht sehen. Giftgas, munkelt man. Doch der Erzähler, ein Journalist, stöbert in dem Fall herum und erfährt, daß die Gesichter der Toten wie zerhackt wirkten. – Die Familie eines Landarbeiters, die ein einsames Haus bewohnt, wird erschlagen aufgefunden, die Gesichter bis zur Unkenntlichkeit zerquetscht. – Ein Flugzeug der Luftwaffe stürzt aus heiterem Himmel ab. Kameraden, die mit Ferngläsern den Vorfall beobachtet haben, sagen aus, daß unmittelbar zuvor das Flugzeug von einem Vogelschwarm umringt gewesen sei.

Der Journalist ist der erste, der den Zusammenhang zwischen diesen Katastrophen ahnt.

Arthur Machen, eigentlich Arthur Llewellyn Jones, wurde 1863 als Sohn eines Geistlichen in Caerleon-on-Usk in der walisischen Grafschaft Monmouthshire geboren. In Einsamkeit aufgewachsen, ging er zum Studium der Medizin nach London, brach es aber, abgestoßen vom Chauvinismus und der Brutalität seiner Kommilitonen, nach wenigen Semestern ab. Ab 1881 lebte er in London, schlug sich als Übersetzer (Rabelais, Margarete von Navarra) durch. Literarischen Ruhm gewann er 1894 mit »The Great God Pan«. Zeitweise gehörte er dem okkultistischen »Hermetic Order of the Golden Dawn« an. Später schloß er sich einer reisenden Schauspieltruppe an und arbeitete daneben als Zeitungsschreiber, dessen Literatur- und Theaterkritiken gefürchtet waren. Eine Attacke auf Lord Alfred Douglas, den ehemaligen Geliebten Oscar Wildes, beendete allerdings seine Karriere als Journalist. Arthur Machen starb 1947 in Beaconsfield.

Arthur Machen

Furcht und Schrecken

Roman

Aus dem Englischen von
Joachim Kalka

Piper
München Zürich

Die Originalausgabe erschien 1917 unter dem Titel
»The Terror: A Fantasy« bei Duckworth & Co., London.

Arthur Machen: Werke in sechs Bänden
1. Furcht und Schrecken. Roman (SP 1401)
2. Botschafter des Bösen. Roman (erscheint im August 1993)
3. Die weißen Gestalten. Erzählungen (erscheint im Winter 1993/94)
4. Der große Pan. Erzählungen (erscheint im Sommer 1994)
5. Der Berg der Träume. Ein Künstlerroman
(erscheint im Winter 1994/95)
6. Der verborgene Sieg. Roman (erscheint im Sommer 1995)

ISBN 3-492-11401-5
Deutsche Erstausgabe
April 1993

Umschlag: Federico Luci,
unter Verwendung einer Zeichnung von Heinz Lauer
Gesamtherstellung: Clausen & Bosse, Leck
Printed in Germany

I

Nach zwei Jahren schlagen wir die Morgenzeitung endlich wieder mit einem Gefühl von Appetit und froher Erwartung auf. Zu Beginn des Krieges gab es erregende Augenblicke – die Erregung des Entsetzens und eines Verhängnisses, das unglaublich und zugleich unentrinnbar erschien; das war, als Namur fiel und die deutschen Armeen sich wie eine Flut über die Felder Frankreichs ergossen und ganz nahe an die Mauern von Paris heranrückten. Dann kamen die erregenden guten Nachrichten, als es hieß, daß die furchtbare Flutwelle zurückgedrängt worden war und daß Paris und die Welt in Sicherheit waren, für ein Weilchen jedenfalls. Dann hofften wir tagelang auf weitere ebenso gute oder noch bessere Nachrichten. Ist von Kluck eingekesselt? Heute nicht, aber vielleicht wird er es morgen sein. Aus Tagen wurden Wochen, aus Wochen Monate; die Schlacht im Westen schien entscheidungslos erstarrt. Hin und wieder geschahen Dinge, die Anlaß zur Hoffnung gaben und Weiteres, Besseres zu versprechen schienen. Doch die Ereignisse um Neuve Chapelle und Loos schrumpften zu Enttäuschungen, als ausführliche Berichte eintrafen; die Fronten im Westen blieben praktisch unbeweglich, ein Sieg zeichnete sich nicht ab. Nichts schien zu geschehen, es gab nichts zu lesen außer den Verlautbarungen über Operationen, welche offensichtlich marginal und bedeutungslos waren. Die Leute spekulierten, was wohl der Grund für diese Lähmung sein mochte; die Optimisten sagten, Joffre habe einen Plan, er würde an den feindlichen Stellungen »knabbern«, andere erklärten, wir hätten nicht genügend Munition, wieder andere, die frisch ausgehobenen Truppen seien noch nicht zum Einsatz in der Schlacht reif. So vergingen die Monate, und fast zwei Kriegsjahre waren vorüber, ehe die festgefahrene englische Front sich zu regen begann, als erwachte sie aus einem langen Schlaf, um allmählich voranzurollen und den Feind zu überwältigen.

Das Geheimnis der langen Tatenlosigkeit der britischen Armee hat man gut gehütet. Einerseits wurde es streng von einer Zensur bewahrt, die äußerst wachsam war, wachsam zuweilen in einem absurden Ausmaß – »der... selbst auf seinem Thron« beispielsweise –, und die in diesem besonderen Falle unerbittlich vorging. Sobald die wahre Bedeutung dessen, was vorging (oder vorzugehen begann), den zuständigen Stellen klar wurde, erhielten die Zeitungsverleger in Großbritannien und Irland ein mit vielen Unterstreichungen versehenes Rundschreiben. Es warnte jeden Verleger, daß er den Inhalt dieser Mitteilung nur einer einzigen anderen Person mitteilen durfte, dem verantwortlichen Herausgeber seines Blattes nämlich, der bei Androhung schwerster Strafen diesen Inhalt geheimzuhalten hatte. Das Rundschreiben verbot jegliche Erwähnung gewisser Ereignisse, die vorgefallen waren oder noch des weiteren vorfallen mochten; es verbot jedwede Anspielung auf diese Vorfälle, jede Andeutung dessen, daß es so etwas gab oder möglicherweise geben könnte – nicht nur in der Presse, sondern in jeder denkbaren Form. Der Sachverhalt sollte nicht im Gespräch gestreift werden, man durfte ihn nicht, wie indirekt auch immer, brieflich erwähnen; selbst die Existenz dieses Rundschreibens, von seinem Inhalt ganz abgesehen, mußte vollkommen geheim bleiben.

Diese Maßnahmen hatten Erfolg. Ein reicher Zeitungsbesitzer im Norden sagte gegen Ende des Spinnzunftbanketts (das, wie man sich erinnern wird, wie üblich abgehalten wurde) zu seinem Nebenmann: »Es wäre, nicht wahr, ganz furchtbar, wenn...« Man wiederholte seine Worte als Beweis, wie man mit Bedauern mitteilen muß, daß es Zeit für »den guten Arnold« war, »sich zusammenzureißen«, und es wurde ihm eine Strafe von tausend Pfund auferlegt. Ferner gab es den Fall einer obskuren Wochenzeitung, die in einer ländlichen Kreisstadt in Wales erschien. Der *Meiroser Anzeiger* (wie wir ihn nennen wollen) wurde im Hinterzimmer einer Druckerei herausgegeben und füllte seine vier Seiten mit Berichten über Blumenschauen, Gartenfeste in den Pfarrhäusern, Gemeinderatssitzungen und seltene Badeunfälle. Auch enthielt er eine Besucherliste, die gelegentlich schon bis zu sechs Namen umfaßte.

Dieses fortschrittliche Presseorgan druckte einen Absatz, der niemandem auffiel, da er stark den Absätzen ähnelte, wie sie kleine Provinzzeitungen schon lange zu drucken gewohnt sind, und insofern kaum irgend jemandem auch nur so etwas wie eine ferne Andeutung geben konnte – das heißt jemandem, der nicht bereits das Geheimnis in seinem ganzen Umfang kannte. Tatsächlich geriet dieses Stückchen Text in die Zeitung, weil der Eigentümer, der auch der Herausgeber war, unvorsichtigerweise die Schlußredaktion jener bestimmten Nummer der Belegschaft überlassen hatte – dem einzigen anderen an der Herstellung Beteiligten, Herrn und Meister über alles und jedes; diese Belegschaft rückte ein paar Zeilen Klatsch ein, frisch vom Markt aufgeschnappt, um zwei Zoll der letzten Seite zu füllen. Doch dies führte dazu, daß der *Meiroser Anzeiger* sein Erscheinen einstellte, wegen »widriger Umstände«, wie sein Besitzer sagte, und mehr sagte er nicht dazu. Nicht mehr jedenfalls zur Erklärung des Vorfalls, aber eine ganze Menge, um »verdammte schnüffelnasige Wichtigtuer« zu verwünschen.

Nun kann eine hinreichend genaue und rücksichtslose Zensur Erstaunliches zuwege bringen, wenn es darum geht, zu verbergen, daß... gewisse Dinge sich ereignen, die verborgen bleiben müssen. Doch hätte man eigentlich meinen sollen, daß es selbst in diesem Krieg Grenzen gab. Man hätte doch gedacht, daß, Zensur hin oder her, der Mord in X oder der Bankraub in Y, beides Tatsachen, gewiß bekannt hätten werden müssen, wenn nicht durch die Presse, dann auf jeden Fall durch Gerüchte und Mitteilungen von Mund zu Mund. Und das wäre auch eine zutreffende Annahme gewesen – für das England vor dreihundert Jahren, für wilde Stammesregionen heutzutage. Aber wir haben uns neuerdings an solch eine Ehrfurcht vor dem gedruckten Wort gewöhnt, daß die alte Fähigkeit, Neuigkeiten mündlich zu verbreiten, verkümmert ist. Man verbiete der Presse, die Tatsache mitzuteilen, daß Jones ermordet worden ist, und es ist erstaunlich, wie wenige Leute davon erfahren werden, und wie wenige von diesen der Geschichte Glauben schenken. Man trifft im Zug einen Mann, der bemerkt, er habe etwas von einem Mord in Southwark gehört – es ist ein himmelweiter Unterschied zwischen dem Eindruck, den eine solche Zufallsmitteilung auf einen macht, und jenem, den ein halbes Dutzend gedruckte Zeilen mit dem Namen, der Straße, dem Datum und den näheren Umständen des Falles hinterlassen. Eisenbahnreisende erzählen alle möglichen Geschichten weiter, viele davon unwahr; Zeitungen drucken keine Berichte von Morden, die nicht begangen worden sind.

Noch etwas trug zum Erfolg der Geheimhaltung bei. Man könnte mir entgegnen, ich hätte eben bemerkt, die altehrwürdige Einrichtung des Gerüchtes funktioniere nicht mehr – man wird mich an die seltsame Legende von »den Russen« und an die Mythe von den »Engeln von Mons« erinnern. Aber ich darf darauf hinweisen, daß eben diese beiden Absurditäten nur wegen der Zeitungen so weite Verbreitung fanden. Hätte es keine Tageszeitungen und Magazine gegeben, wären Russen und Engel nur ganz kurz und schattenhaft in Erscheinung getreten – ein paar Leute hätten von ihnen gehört, noch weniger hätten an sie geglaubt, man hätte kaum ein, zwei Wochen von ihnen geredet, und dann wären sie wieder verschwunden gewesen.

Und wiederum mag eben die Tatsache, daß diese leeren Gerüchte und phantastischen Geschichten eine Zeitlang in so weiten Kreisen geglaubt wurden, für die Glaubwürdigkeit aller anderen verstreuten Flüsternachrichten verhängnisvoll gewesen sein. Zweimal hatten sich die Leute täuschen lassen – sie hatten erlebt, wie ernste Köpfe, angesehene Männer, Predigten und Vorträge über die Lichtgestalten hielten, welche die britische Armee bei Mons errettet hatten, oder bezeugten, daß in tiefer Nacht Züge voller grauuniformierter Moskowiter durchs Land gerollt waren; und nun wurde etwas noch Erstaunlicheres als diese beiden zunichte gewordenen Legenden angedeutet. Doch dieses Mal fand sich kein Wort der Bestätigung in der Tagespresse oder in den Wochenzeitschriften oder im Gemeindeblättchen, und so lachten die wenigen bloß, denen etwas zu Ohren kam, oder sie gingen (insofern sie ernsthafter veranlagt waren) nach Hause und machten sich erste Notizen für einen Aufsatz über »Die Psychologie des Krieges: Zur Verbreitung von Wahnvorstellungen«.

Ich habe keinen dieser beiden Wege gewählt. Denn noch ehe der geheime Rundbrief verschickt wurde, war meine Neugier durch gewisse Meldungen über den »Tödlichen Unfall eines bekannten Fliegers« geweckt worden. Der Propeller des Flugzeugs war zerschmettert worden, anscheinend durch die Kollision mit einem Taubenschwarm; die Rotorblätter waren zerbrochen, und die Maschine war wie ein Stein zu Boden gestürzt. Und bald nachdem ich diesen Bericht gelesen hatte, hörte ich von einigen sehr merkwürdigen Begleitumständen bei einer Explosion in einer großen Rüstungsfabrik in den Midlands. Ich glaubte, eine mögliche Verbindung zwischen zwei durchaus verschiedenartigen Ereignissen zu erkennen.

Freunde, die so liebenswürdig gewesen sind, diese Aufzeichnungen zu lesen, haben mich darauf hingewiesen, daß gewisse von mir gebrauchte Formulierungen den Eindruck erwecken könnten, als schriebe ich das Stocken des Krieges an der Westfront insgesamt jenen außerordentlichen Umständen zu, welche den Erlaß des geheimen Rundschreibens zur Folge hatten. Das ist natürlich nicht der Fall; es gab viele Gründe für den unbeweglichen Frontverlauf zwischen dem Oktober 1914 und dem Juli 1916. Diese Gründe lagen offen genug zutage und sind auch öffentlich diskutiert und beklagt worden. Doch hinter ihnen lag etwas von unendlich größerem Gewicht. Es fehlte an Truppen, doch die Männer strömten in die neue Armee; die Rüstungsgüter waren knapp, doch als dieser Mangel öffentlich bekannt wurde, machte sich die Nation mit ihrer ganzen Energie daran, ihm abzuhelfen. Wir konnten uns unterfangen, das, was unserem Heer an Männern und an Munition fehlte, herbeizuschaffen – wenn die neue und unerhörte Gefahr gemeistert werden konnte. Sie wurde gemeistert – oder vielleicht besser gesagt: sie hörte auf zu bestehen, und nun darf man von dem Geheimnis erzählen.

Ich habe gesagt, daß der Bericht über den Tod eines bekannten Fliegers meine Aufmerksamkeit auf sich zog. Ich habe, wie ich gestehen muß, nicht die Angewohnheit, Zeitungsausschnitte aufzubewahren, so daß ich nun keinen genauen Zeitpunkt für den Unfall angeben kann. Der Zeitungsbericht, der den Tod von Leutnant Western-Reynolds meldete, war knapp genug – Unfälle, selbst tödliche Unfälle, sind bei den Männern, die für uns die Himmel stürmen, keineswegs so selten, daß sie eine ausführlichere Erwähnung forderten. Doch die Art und Weise, wie Western-Reynolds seinen Tod fand, erschien mir außergewöhnlich, insofern sie eine neue Gefahr in jenem Element erkennen ließ, welches wir erst vor so kurzem erobert hatten. Er stürzte, wie gesagt, eines Vogelschwarms wegen ab – Tauben waren es, wie die Spuren an den blutbefleckten, zerschmetterten Propellerblättern erkennen ließen. Ein Augenzeuge des Unfalls, ein anderer Offizier, beschrieb, wie Western-Reynolds an einem schönen Nachmittag vom Flugplatz gestartet war; es war fast windstill. Er wollte nach Frankreich; er war die Strecke schon ein dutzendmal oder öfter geflogen, hin und zurück, und fühlte sich vollkommen sicher und ruhig.

»Western ist sofort sehr hoch aufgestiegen, und wir konnten die Maschine kaum mehr erkennen. Ich wollte gerade gehen und hatte mich schon abgewandt, als einer von den Jungs rief: ›He! Was ist das denn?‹ Er zeigte in die Höhe, und wir sahen aus Süden etwas wie eine schwarze Wolke mit ungeheurer Geschwindigkeit heranziehen. Ich sah gleich, daß es keine

Wolke war – es näherte sich mit einer Art Wirbelbewegung und in einem Tempo, wie ich es noch bei keiner Wolke gesehen habe. Aber einen Augenblick lang konnte ich nicht erkennen, was es nun war. Es veränderte seine Form, wurde zu einem großen Halbmond und kreiste und schwenkte hin und her, als würde es nach etwas suchen. Der Mann, der den Ausruf getan hatte, nahm sein Fernglas, er stand da und sah angestrengt hindurch. Dann schrie er, das sei ein ungeheurer Vogelschwarm, ›Tausende und Abertausende‹. Sie kreisten und flatterten hoch in der Luft umher, und wir sahen ihnen interessiert zu; wir nahmen nicht an, daß Western-Reynolds irgendwie davon betroffen wäre, der fast außer Sichtweite war. Seine Maschine war nur noch ein Punkt. Dann zogen sich die beiden Arme des Halbmonds blitzschnell zum Mittelpunkt zurück, und diese Tausende von Vögeln schossen in einer dichten Masse gerade über uns quer durch den Himmel und flogen dann etwa nach Nordnordwesten davon. Dann schrie Henley, der Mann mit dem Fernglas: ›Er kommt runter!‹ und fing an zu laufen, und ich rannte hinter ihm her. Wir fanden einen Wagen, und während der Fahrt sagte mir Henley, er hätte die Maschine senkrecht abstürzen sehen, als käme sie aus dieser Wolke von Vögeln hervor. Er dachte sich schon da, daß sie irgendwie den Propeller zusammengehauen hatten. So stellte es sich dann auch heraus. Wir fanden die Propellerblätter ganz zerbrochen und verschmiert mit Blut und Taubenfedern, und Kadaver einzelner Tauben staken zwischen den Blättern und klebten an ihnen.«

Das war die Geschichte, wie sie der junge Flieger eines Abends in kleinem Kreis erzählte. Er sprach nicht im Vertrauen, so daß ich ohne Bedenken wiedergebe, was er sagte. Natürlich habe ich mir nicht wörtlich notiert, was er mitgeteilt hat, aber ich habe ein ganz gutes Gedächtnis für Gespräche, die mich interessieren, und ich glaube, daß meine Wiedergabe hier recht getreu ist. Und man beachte, daß der Flieger seine Geschichte ohne irgendeinen Sinn dafür erzählte, daß es sich um etwas Unglaubliches oder nahezu Unglaubliches handelte. Soweit er wußte, sagte er, sei dies der erste Unfall dieser Art gewesen. Flieger in Frankreich waren ein- oder zweimal von Vögeln – Adlern, wie er glaubte – belästigt worden, welche das Flugzeug aggressiv anflogen, aber der arme Western-Reynolds war der erste, der es mit einem Schwarm von Tausenden von Tauben zu tun bekam.

»Und vielleicht bin ich der Nächste«, fügte er hinzu, »doch weshalb sich den Kopf zerbrechen? Jedenfalls geh' ich morgen in die Matinee von *Das wär's!*«

Nun, ich hörte dieser Geschichte zu, wie man all den Berichten von Wundern und Schrecken der Lüfte zugehört hat – wie vor einigen Jahren von den Luftlöchern, seltsamen Abgründen oder Leeren der Atmosphäre, in die ein Flieger unter großen Gefahren hineinstürzt; oder von dem Erlebnis des Piloten, der in dem glühheißen Sommer 1911 über die Cumberlandberge flog und plötzlich, hoch über diesen Gipfeln schwebend, mit ungeheurer Gewalt nach oben geschleudert wurde, als die heiße Luft von den Felsmassiven wie der Hitzeschwall aus dem Kamin eines Schmelzofens gegen sein Flugzeug schlug. Wir haben erst angefangen, in dieser fremden Welt zu navigieren, wir müssen darauf vorbereitet sein, seltsamen Abenteuern, seltsamen Gefahren zu begegnen. Und hier hatte sich mit dem Tod von Western-Reynolds ein neues Kapitel in der Chronik dieser Abenteuer und Gefahren aufgeschlagen, und zweifellos würden Erfindungsgeist und technisches Geschick schließlich einen Weg finden, dieser neuen Gefahr zu trotzen.

Es war, glaube ich, etwa eine Woche, vielleicht zehn Tage, nach dem Tod des Fliegers, daß mich meine Geschäfte in eine nordenglische Stadt führten, deren Name wohl besser unerwähnt bleibt. Meine Aufgabe war es, gewissen Vorwürfen nachzugehen, welche der Arbeiterschaft gemacht worden waren, das heißt, der Belegschaft der Munitionsfabriken eben jener Stadt. Es hieß, die Arbeiter, die früher zwei Pfund zehn in der Woche verdient hätten, bekämen nun sieben oder acht Pfund; Mädchen, junge Dinger, erhielten zwei Pfund anstatt sieben oder acht Shilling, und infolgedessen käme es zu Orgien törichter Maßlosigkeit. Die Mädchen, so sagte man mir, kauften sich Pralinen zu vier, fünf, sechs Shilling das Pfund, die Frauen bestellten Klaviere zu dreißig Pfund, auf denen niemand spielen konnte, und die Männer kauften goldene Uhrketten zu zehn oder zwanzig Guineen das Stück.

Ich stellte meine Nachforschungen in der Stadt an und sah, daß die Geschichten, die ich gehört hatte, wie üblich eine Mischung aus Wahrheit und Übertreibung waren. Grammophone zum Beispiel – man kann sie nicht eigentlich als notwendige Anschaffungen bezeichnen, und doch verkauften sie sich zweifellos zügig, selbst die teureren Fabrikate. Und ich dachte mir, auf den Gehsteigen sei doch eine überraschend große Anzahl von sehr adretten Kinderwagen zu sehen – eleganten Kinderwagen in zarten Farben, aufwendig ausgestattet.

»Und was ist denn daran so Besonderes, wenn die Leute mal über die Stränge hauen?« sagte ein Arbeiter zu mir. »Wir sehen zum erstenmal im Leben ein wenig Geld, und das glänzt. Und wir arbeiten hart dafür und wir riskieren unser Leben. Haben Sie von den Explosionen drüben gehört?«

Er erwähnte eine bestimmte Fabrik am Rande der Stadt. Natürlich hatte man weder den Namen der Fabrik noch den der Stadt gedruckt – es war eine kurze Notiz über die »Explosion in einer Munitionsfabrik im Norden: Zahlreiche Tote« erschienen. Der Arbeiter erzählte mir davon und fügte einige furchtbare Einzelheiten hinzu.

»Sie haben die Verwandten die Leichen nicht sehen lassen – die kamen so in die Särge, wie man sie in der Fabrik gefunden hat. Das Gas war's.«

»Die Gesichter waren verkohlt, meinen Sie?«

»Nein. Sie waren alle, als hätt' man sie in Stücke gebissen.«

Das war ein eigenartiges Gas.

Ich fragte den Mann in der Stadt im Norden noch alles mögliche über die seltsame Explosion, von der er erzählt hatte. Doch er wußte kaum weiteres zu berichten. Wie ich bereits dargelegt habe, werden Geheimnisse, die nicht gedruckt werden dürfen, oft in tiefer Verborgenheit bewahrt; im letzten Sommer gab es nur sehr wenige außerhalb der höchsten Kreise, die irgend etwas von den sogenannten »Tanks« wußten, über die wir alle in jüngster Vergangenheit soviel geredet haben, obwohl dieses seltsame Kriegsgerät in einem Park nicht weit von London erprobt wurde. So war der Mann, der mir von der Explosion in der Munitionsfabrik erzählte, sehr wahrscheinlich aufrichtig bei seiner Versicherung, daß er nichts weiter von der Katastrophe wüßte. Ich fand heraus, daß er an einem Schmelzofen auf der anderen Seite der Stadt beschäftigt war; er wußte nicht einmal, was an jenem Ort genau hergestellt wurde – ein besonders gefährlicher Sprengstoff, meinte er. Seine Information war im Grunde nur ein Fetzen grausamen Klatsches, aus dritter oder vierter oder fünfter Hand aufgeschnappt. Das entsetzliche Detail von den Gesichtern, die aussahen, »als hätte man sie in Stücke gebissen«, hatte sich ihm in seiner Gewaltsamkeit besonders eingeprägt, das war alles.

Ich gab's auf, hier noch mehr erfahren zu wollen, und fuhr mit der Straßenbahn in die Gegend des Unglücks – eine Art Fabrikvorstadt, fünf Meilen von der Stadtmitte gelegen. Als ich mich nach der Fabrik erkundigte, sagte man mir, es hätte keinen Sinn, daß ich hinginge, weil niemand dort wäre. Doch ich fand sie; ein grobschlächtiges, häßliches Gebäude, umgeben von einem Hof mit einer hohen Mauer und einem verschlossenen Tor. Ich versuchte, Anzeichen von Zerstörung zu entdecken, doch war da nichts zu sehen. Das Dach war ganz unbeschädigt – und wieder dachte ich mir, daß dies ein eigenartiger Unfall war. Es hatte eine Explosion von solcher Wucht gegeben, daß in dem Gebäude Arbeiter getötet worden waren, doch der Bau selbst zeigte keinerlei Beschädigung.

Ein Mann kam aus dem Tor und schloß es hinter sich wieder ab. Ich fing an, eine Frage an ihn zu richten, oder genauer gesagt, ich bereitete eine Frage vor, indem ich mit »Eine furchtbare Sache, das hier, was man so hört« eröffnete oder einer ähnlich konventionellen Floskel. Weiter kam ich nicht. Der Mann fragte mich, ob ich den Polizisten dort drüben die Straße entlangkommen sähe. Ich bejahte das und wurde sodann vor die Wahl gestellt, mich unverzüglich davonzumachen oder sofort als Spion der Polizei übergeben zu werden. »Sie hauen besser ab hier, und zwar ganz schnell« war, soweit ich mich erinnere, sein Rat zum Abschied, und ich befolgte ihn.

Ich war – buchstäblich – an eine Mauer des Schweigens geraten. Als ich über die Sache nachdachte, mußte ich mich schließlich mit der Erklärung zufriedengeben, daß der Arbeiter oder sein Informant gewisse Formulierungen eines früheren Berichts verzerrt hatten. Der Arbeiter hatte gesagt, die Gesichter der Toten seien »in Stücke gebissen« gewesen – das mochte eine unbewußte Verballhornung von »zerfressen« sein. Dies könnte die Wirkung einer starken Säure recht exakt beschreiben, und, soweit ich über die Herstellung von Sprengstoffen informiert war, wurden durchaus solche Säuren dabei verwendet, die in irgendeinem prekären Stadium des Fertigungsprozesses mit entsetzlichen Folgen explodieren konnten.

Ein oder zwei Tage später fiel mir der Unfall des Piloten Western-Reynolds wieder ein. Während eines jener winzigen Zeiträume, die viel kürzer als jedes von uns festgelegte Zeitmaß sind, erschien mir blitzartig die Möglichkeit einer Verbindung zwischen den beiden Katastrophen. Doch war dies ein wilder, unmöglicher Gedanke, und ich schob ihn beiseite. Und trotzdem glaube ich, daß mich diese Idee, so verrückt sie schien, nie mehr ganz losließ; sie war das Licht, das mich insgeheim leitete und endlich aus dem Wald düsterer Rätsel hinausführte.

Etwa zu dieser Zeit – soweit sich das Datum feststellen läßt – wurde ein ganzer Bezirk, man könnte sagen: eine ganze Grafschaft von einer Reihe außergewöhnlicher, entsetzlicher Ereignisse heimgesucht, die um so erschreckender waren, als sie eine Zeitlang unergründliche Geheimnisse blieben. Man muß in der Tat annehmen, daß diese schrecklichen Geschehnisse für viele, die davon betroffen waren, immer noch geheimnisvoll sind; denn ehe die Einwohner dieses Landesteils Zeit hatten, ein Glied der Beweiskette mit dem anderen zusammenzufügen, wurde das Rundschreiben herausgegeben, und von da an wußte niemand mehr, wie er unbezweifelbare Tatsachen von wilden, übertriebenen Spekulationen unterscheiden sollte.

Der fragliche Bezirk liegt im äußersten Westen von Wales; ich werde ihn der Bequemlichkeit halber Meirion nennen. Es liegt dort eine Küstenstadt, die einen gewissen Ruf bei Urlaubern hat, welche für fünf oder sechs Wochen im Sommer kommen, und hier und dort übers Land verstreut finden sich drei, vier kleine alte Städte, die in langsamem Verfall in sich zusammenzusinken scheinen, schläfrig und grau vor Alter und Selbstvergessenheit. Sie erinnern mich daran, was ich über Städte im Westen Irlands gelesen habe. Gras wächst zwischen den unebenen Steinen des Straßenpflasters, die Ladenschilder hängen schief an den Häuserfassaden, die Hälfte der Buchstaben ist abgeblättert, da und dort ist ein Haus eingerissen worden oder man hat es einfach verfallen lassen, und wildes Grün sprießt zwischen den zusammengestürzten Steinen, und Schweigen herrscht in allen Straßen. Dies sind, nota bene, keine Orte, die einst groß und prächtig waren. Die Kelten haben sich nie in der Baukunst hervorgetan, und soweit ich sehe, müssen solche Städte wie Towy, Merthyr Tegveth und Meiros schon immer mehr oder weniger so gewesen sein wie sie nun sind, Orte, wo sich ärmliche, schäbig gebaute Häuser zusammendrängen, vernachlässigt und heruntergekommen.

Und diese wenigen Städtchen liegen weit über eine wilde

Landschaft verstreut, wo der Norden vom Süden durch eine noch wildere Bergkette getrennt ist. Einer dieser Orte ist sechzehn Meilen vom nächsten Bahnhof entfernt; die anderen sind umständlich mit einer einzigen Spur an zweifelhafte Eisenbahnstrecken angeschlossen, auf denen seltene Züge stockend und zögernd und häufig innehaltend sich langsam zur Paßhöhe hinaufmühen oder eine halbe Stunde und länger an einsamen Baracken halten, sogenannten Bahnhöfen, mitten in ödem Sumpfland gelegen. Vor ein paar Jahren reiste ich mit einem Iren auf einer dieser seltsamen Bahnlinien, und er schaute nach rechts und sah das Moor mit seinen gelben und blauen Gräsern und den reglosen kleinen Teichen – sah nach links und sah zerklüftete Hügel, durchzogen von grauen Steinmäuerchen. »Ich kann kaum glauben«, sagte er, »daß ich nicht mehr in der irischen Einöde bin.«

Hier also sieht man eine wilde, in schwer zugängliche einzelne Stücke zersprengte Landschaft vor sich, eine Region fremdartiger Berge und geheimer, verborgener Täler. Ich kenne weiße Bauernhöfe an dieser Küste, die durch einen zweistündigen mühsamen Fußweg von jeder anderen Wohnstatt getrennt sind und von keinem anderen Haus aus gesehen werden können. Und auch tiefer im Landesinneren sind die Farmen oft von dichten Eschenhainen umgeben, in alten Zeiten gepflanzt, um die Dächer vor den rauhen Gebirgswinden und den Stürmen vom Meer zu schützen, so daß auch diese Anwesen verborgen und nur am Holzrauch erkennbar sind, der aus dem grünen Laub emporsteigt. Ein Londoner muß so ein Gehöft sehen, damit er's glauben kann, und selbst dann wird er seine vollständige Einsamkeit kaum für möglich halten.

So also ist Meirion im großen und ganzen, und auf diese Landschaft ließ sich im Frühsommer des letzten Jahres das Entsetzen nieder – ein gestaltloser Schrecken, wie ihn niemand dort je gekannt hatte.

Es begann mit der Geschichte von einem kleinen Kind, das

an einem sonnenhellen Nachmittag ein Stück weit durch die heckengesäumten Wege wanderte, um Blumen zu pflücken, und nie mehr in das Haus auf dem Hügel zurückkehrte.

II

Das vermißte Kind kam aus einem einsam gelegenen Häuschen am Abhang eines steilen Berges, der Allt hieß: die Höhe. Das umliegende Land ist wild und zerklüftet; hier Ginster und Farn, die den Verlauf des Baches bezeichnen, der einer verborgenen Quelle entspringt, hier Dickichte von verfilztem und verknäultem Unterholz, die Vorposten des Waldes. Durch dieses unübersichtlich ansteigende und sich wieder senkende Terrain führt ein Pfad zum Weg auf der Talsohle hinab; dort steigt das Land dann wieder an und wuchtet sich zu den Klippen empor, die auf das etwa eine Viertelmeile entfernte Meer schauen. Das kleine Mädchen, Gertrude Morgan, fragte ihre Mutter, ob sie zum Talweg hinuntergehen und die purpurroten Blumen, die dort wachsen (es waren Orchideen), pflücken dürfte, und die Mutter gab ihr die Erlaubnis und sagte, sie müsse auf jeden Fall zum Tee wieder da sein, es gebe Apfelkuchen.

Sie kam nicht mehr wieder. Man nahm an, daß sie die Straße überquert haben und bis zum Rand der Klippe gegangen sein mußte, möglicherweise, um die dort in voller Blüte stehenden Strandnelken zu pflücken. Sie mußte ausgerutscht sein, sagte man, und ins Meer gestürzt, zweihundert Fuß hinab. Und – das kann man gleich hinzufügen – es war zweifellos etwas Wahres an dieser Vermutung, wenn sie auch weit entfernt von der vollen Wahrheit blieb. Die Leiche des Kindes muß von der Flut hinausgetrieben worden sein, denn sie wurde nie gefunden.

Die Erklärung, es müsse auf der schlüpfrigen Grasnarbe über den Felsen zu einem falschen Schritt, einem verhängnisvollen Ausrutscher gekommen sein, wurde als die einzig mögliche angenommen. Die Leute fanden, daß der Unfall merkwürdig war, werden doch die einheimischen Kinder, die an der See und an den Klippen wohnen, schon in frühem Alter zur Vorsicht erzogen, und Gertrude Morgan war fast zehn Jahre alt. Trotzdem, wie die Nachbarn sagten, »so muß es gewesen sein, und es ist ein Jammer, wahrhaftig ein Jammer«. Doch reichte diese Erklärung nicht mehr aus, als eine Woche danach ein kräftiger junger Arbeiter nach seinem Tagewerk nicht mehr nach Hause kam. Man fand die Leiche zwischen den Felsen, sechs oder sieben Meilen von den Klippen entfernt, wo vermutlich das Kind abgestürzt war – er war einen Weg gegangen, den er seit acht, neun Jahren an jedem Abend ging, den er in dunklen Nächten in vollkommener Sicherheit zurückgelegt hatte, von dem er jeden Zoll kannte. Die Polizei fragte, ob er getrunken hätte, doch er war Abstinenzler; ob er an epileptischen Anfällen gelitten hätte, doch nichts dergleichen. Und wegen seiner Besitztümer war er nicht umgebracht worden, denn Landarbeiter sind nicht wohlhabend. Es blieb als einzige Möglichkeit, wieder von schlüpfrigem Gras und von einem falschen Schritt zu reden, doch die Leute bekamen langsam Angst. Dann wurde eine Frau mit gebrochenem Hals auf dem Grund eines aufgelassenen Steinbruchs bei Llanfihangel gefunden, mitten in der Grafschaft. Die Theorie vom »falschen Schritt« überzeugte hier nicht, denn um den Steinbruch wuchs eine natürliche Hecke aus Ginsterbüschen. Man hätte sich an diesem Ort durch einen Wall aus scharfen Dornen hindurchkämpfen müssen, um so sein Ende zu finden – und in der Tat war der Ginster an einer Stelle zerzaust und zerbrochen, als wäre jemand blindlings hindurchgerannt, und zwar direkt über der Stelle, wo der Leichnam der Frau gefunden worden war. Und eins war seltsam: Es lag ein totes Schaf neben ihr in der Grube, als wären die Frau und das Schaf zusammen über den Rand des Steinbruchs gejagt worden. Von wem aber gejagt oder wovon? Und dann kam eine neue Form des Schreckens.

Dies geschah in der Moorgegend unterhalb des Berges. Ein Mann und sein Sohn – ein Junge von vierzehn, fünfzehn Jahren – brachen eines Morgens früh zur Arbeit auf und kamen nie an dem Gehöft an, welches ihr Ziel war. Ihr Weg führte am Moor vorbei, doch war er breit, fest und gut geschottert und lag etwa zwei Fuß über dem Moor. Aber als man am Abend desselben Tages nach ihnen suchte, fand man Phillips und seinen Sohn tot im Sumpf, bedeckt mit schwarzem Schleim und Laichkraut. Sie lagen etwa zehn Yards vom Weg entfernt, den sie, wie es schien, absichtlich verlassen haben mußten. Es war natürlich nutzlos, in der schwarzen Masse des Moors nach Spuren suchen zu wollen, wo ein großer Stein, den man hineinwerfen mochte, nach wenigen Sekunden verschwunden war, ohne eine Spur zu hinterlassen. Die Männer, die die Leichen fanden, suchten die Ränder und die Umgebung des Moors in der Hoffnung ab, irgendeine Spur der Mörder zu finden; sie durchstreiften das ansteigende Gelände, wo die schwarzen Rinder grasten; sie gingen die Erlendickichte am Bach ab; doch sie fanden nichts.

Am furchtbarsten unter all diesen furchtbaren Geschehnissen war vielleicht der Vorfall an der Landstraße – einem einsamen, selten benutzten Weg, der sich über viele Meilen hinweg durch hochgelegenes, unbewohntes Land zieht. Hier steht – eine Meile vom nächsten Nachbarn entfernt – ein kleines Haus am Rand eines dunklen Waldes. Es wohnten dort ein Arbeiter namens Williams, seine Frau und ihre drei Kinder. An einem heißen Sommerabend kam ein Mann, der den Tag über im Garten des Pfarrhauses, drei oder vier Meilen weit weg, gearbeitet hatte, am Haus vorüber und blieb ein paar Minuten stehen, um mit Williams ein wenig zu schwatzen, der noch dies und das in seinem Garten versah, während die Kinder vor der Türe spielten. Die beiden redeten über die Nachbarn und über die Kartoffeln, bis Mrs. Williams in die Türe trat und sagte, das Abendessen sei fertig, und Williams sich umwandte, um ins Haus zu gehen. Das war gegen acht Uhr, und nach dem normalen Gang der Dinge würde die Familie um neun ihr Abendessen verzehrt haben und ins Bett gegangen sein – spätestens um halb zehn. Um zehn Uhr fuhr in dieser Nacht der Landarzt jener Gegend die Landstraße entlang nach Hause. Sein Pferd scheute wild und blieb dann starr stehen, gerade vor dem Gartentor zu Williams' Haus. Der Doktor stieg vom Wagen, geängstigt von dem Anblick, der sich ihm bot; da lagen Williams, seine Frau und die drei Kinder auf der Straße, tot, allesamt. Der Schädel war ihnen wie mit einem schweren eisernen Gegenstand eingeschlagen worden; die Gesichter waren bis zur Unkenntlichkeit zerquetscht.

III

Es ist nicht einfach, ein Bild von dem Schrecken zu entwerfen, der dunkel auf den Herzen der Bewohner von Meirion lastete. Es war nicht länger möglich, daran zu glauben – oder so zu tun, als glaube man daran –, daß diese Männer und Frauen und Kinder durch eigenartige Unfälle umgekommen waren. Das kleine Mädchen und der Arbeiter hätten ausrutschen und über das Kliff stürzen können, aber die Frau, die mit dem toten Schaf zusammen tot auf dem Grunde des Steinbruchs lag, die beiden Männer, die ins Moor gelockt worden waren, die Familie, die man vor ihrer eigenen Haustür ermordet auf der Landstraße gefunden hatte – in diesen Fällen gab es keinen Raum mehr für die Annahme, es könne sich um Unfälle handeln. Es schien, als sei es unmöglich, zu irgendeiner begründeten Vermutung zu gelangen, ja auch nur zum Umriß einer Vermutung, die diese fürchterlichen und, wie es schien, gänzlich ziel- und zwecklosen Verbrechen hätte erklären können. Eine Zeitlang sagten die Leute, es müsse ein Wahnsinniger umherstreifen, eine Art ländliche Variante von Jack the Ripper, irgendein diabolischer Perverser, von Tötungsleidenschaft Besessener, der finster durch das einsame Land zog und sich in Wäldern und an öden Orten verbarg, stets auf Ausschau, auf der Suche nach Opfern seiner Begierde.

Tatsächlich war Dr. Lewis, der den armen Williams, seine Frau und die Kinder elendiglich auf der Landstraße hingemetzelt fand, zuerst überzeugt davon, daß nur die verborgene Gegenwart eines Verrückten irgendwo in der Landschaft die Lösung des Problems sein konnte.

»Ich war mir sicher«, sagte er später zu mir, »daß die Familie von einem mörderischen Wahnsinnigen getötet worden war. Es war der Charakter der Verletzungen an den armen Menschen, der mich davon überzeugte. Vor einigen Jahren – siebenunddreißig oder achtunddreißig Jahren, genauer gesagt – hatte ich mit einem Fall zu tun, der scheinbar eine starke Ähnlichkeit mit dem Landstraßenmord aufwies. Zu der Zeit hatte ich meine Praxis in Usk, in Monmouthshire. Eine ganze Familie, die in einem Häuschen an der Straße wohnte, wurde eines Abends ermordet; man sprach, wenn ich mich recht erinnere, von dem Llangibby-Mord – das Haus lag bei dem Dorf dieses Namens. Den Mörder fing man in Newport; es war ein spanischer Matrose namens Garcia, und es stellte sich heraus, daß er den Vater, die Mutter und die drei Kinder wegen des Messing-Uhrwerks einer alten holländischen Wanduhr getötet hatte, das man bei ihm fand, als er verhaftet wurde.

Garcia hatte eine einmonatige Haftstrafe wegen irgendeines kleinen Diebstahls im Gefängnis von Usk verbüßt, und nach seiner Entlassung machte er sich auf den Weg nach Newport, neun, zehn Meilen weit; zweifellos, um sich dort wieder ein Schiff zu suchen. Er kam an dem Haus vorüber und sah den Mann im Garten arbeiten. Garcia erstach ihn mit seinem Matrosenmesser. Die Frau rannte hinzu; er erstach auch sie. Dann ging er ins Haus, erstach die drei Kinder, versuchte, einen Brand zu legen, und ging mit dem Uhrwerk davon. Das sah wie die Tat eines Wahnsinnigen aus, doch wahnsinnig war Garcia nicht – man hat ihn gehängt, darf ich hinzufügen –, er war lediglich ein äußerst primitiver Mann, ein degenerierter Typus ohne die geringste Achtung vor dem menschlichen Leben. Ich bin mir nicht ganz sicher, aber ich glaube, er kam von einer der spanischen Inseln, wo die Bevölkerung insgesamt als degeneriert gilt, sehr wahrscheinlich von allzu häufiger Inzucht.

Doch worauf ich hinaus will: Garcia stach zu, um zu töten, und er hat getötet, jedesmal mit einem einzigen Stich. Den armen Leuten auf der Landstraße aber ist der Schädel so eingeschlagen worden, daß ein ganzer Sturm von Hieben darauf herabgeregnet sein muß. Jeder einzelne davon wäre schon tödlich gewesen, aber der Mörder muß mit seinem eisernen Hammer noch lange auf die bereits Toten eingeschlagen haben.

Und *das* ist die Tat eines Wahnsinnigen, ausschließlich eines Wahnsinnigen. So habe ich mir gleich nach der Tat die ganze Sache zurechtgelegt.

Ich hatte vollkommen unrecht, auf ungeheuerliche Weise unrecht. Aber wer hätte die Wahrheit ahnen können?«

Soweit Dr. Lewis, den ich hier zitiere – zumindest der Hauptsache nach –, weil seine Einlassungen repräsentativ sind für die gebildete Meinung des Bezirks zu Beginn des Schreckens. Die Leute hielten sich an dieser Theorie fest, weil sie wenigstens den Trost einer Erklärung bot, und jede Erklärung, selbst die dürftigste, ist besser als ein unerträgliches, furchtbares Geheimnis. Außerdem war Dr. Lewis' Theorie plausibel; sie erklärte die scheinbare Motivlosigkeit der Verbrechen. Und doch – auch diese Theorie hatte von Anbeginn ihre Schwierigkeiten. Es war kaum möglich, daß ein unbekannter Wahnsinniger sich in einem Landstrich verbergen konnte, in dem jeder Fremde sofort auffällt und genau gemustert wird; früher oder später hätte man ihn gesehen, wenn er über die Wege oder durch die Wildnis schlich. Tatsächlich wurde ein betrunkener, fröhlicher und ganz und gar harmloser Landstreicher von einem Bauern und seinem Knecht in flagranti ertappt, wie er seinen Bierrausch unter einer Hecke ausschlief, und eingesperrt; doch der Landstreicher konnte für alle Vorfälle ein vollständiges und nicht zu bezweifelndes Alibi nachweisen und durfte bald wieder seiner Wege ziehen.

Dann kam eine neue Theorie, oder besser: eine abgewandelte Form von Dr. Lewis' Theorie auf. Die lief darauf hinaus, daß der Täter, der für die furchtbaren Morde verantwortlich war, in der Tat verrückt war – doch nur zeitweise verrückt. Es war anscheinend eins der Mitglieder des Porth Club, ein gewisser Mr. Remnant, der diese subtilere Erklärung vorbrachte. Mr. Remnant war ein Herr mittleren Alters, welcher, da er nichts Besonderes im Leben zu tun hatte, eine große Menge Bücher las, um so der Zeit Herr zu werden. Er redete im Klub – vor den Ärzten, pensionierten Colonels, Pfarrern, Anwälten – über Persönlichkeit, zitierte verschiedene psychologische Standardwerke zur Erhärtung seiner These, daß die Persönlichkeit zuweilen fließend und instabil war, kam auf »Dr. Jekyll und Mr. Hyde« als auf einen guten Beleg für diese Hypothese zu sprechen und legte besonderes Gewicht auf Dr. Jekylls Formulierung, daß die menschliche Seele, weit entfernt davon, einheitlich und unteilbar zu sein, sich vielleicht als eine Art Gemeinwesen herausstellen könne, ein Staat, in welchem viele seltsame und einander ganz unähnliche Bürger wohnten, deren Charaktere jener Bewußtseinsinstanz, die voreiligerweise sich für den Präsidenten dieser inneren Republik, ja, für den einzigen Bewohner hielt, nicht nur unbekannt, sondern gänzlich unvorstellbar wären.

»Kurz gesagt«, schloß Mr. Remnant, »bedeutet dies, daß jeder einzelne von uns der Mörder sein könnte, wenn er sich auch dessen nicht im geringsten bewußt ist. Nehmen wir Llewelyn hier.«

Mr. Payne Llewelyn war ein ältlicher Rechtsanwalt, eine Art ländlicher Bruder von Dickens' Tulkinghorn. Er hatte das Mandat der Morgans von Pentwyn geerbt. Das hört sich für die Angelsachsen in London nicht weiter großartig an, doch gilt diese Familie den Kelten im Westen von Wales als weit mehr denn bloß adlig. Der Stamm der Pentwyns reicht in unvordenkliche Zeiten zurück; Teilo Sant kam aus einer Seitenlinie des ersten bekannten Oberhauptes des Geschlechts. Und Mr. Payne Llewelyn tat sein Bestes, wie der juristische Berater dieses uralten Hauses auszusehen. Er war gewichtig, er war vorsichtig, er war verläßlich, er war solide. Ich habe ihn zwar mit Mr. Tulkinghorn von Lincoln's Inn Fields verglichen, aber Mr. Llewelyn hätte es sich ganz gewiß nicht im Traume einfallen lassen, in seinen Mußestunden in vergessenen Winkeln nach den dunklen Punkten der Familiengeschichte zu forschen. Im Gegenteil, wenn man einmal annimmt, daß solche dunklen Punkte existiert hätten, so wäre Mr. Payne Llewelyn zu beträchtlichen Auslagen aus eigener Tasche bereit gewesen, um die Räume, in welchen jene vergessenen Winkel lagen, mit doppelten und dreifachen Schlössern zu versehen. Er war ein Neuansässiger, ein *advena*, gewiß, denn seine Familie ging teilweise auf die normannische Eroberung zurück – auf einer Seite stammte er von Sir Payne Turberville ab; aber er war entschlossen, zur alten Bevölkerung zu halten.

»Nehmen wir einmal Llewelyn«, sagte Mr. Remnant. »Hören Sie, Llewelyn, können Sie beweisen, wo Sie in der Nacht waren, als diese Leute auf der Landstraße ermordet worden sind? Das dachte ich mir.«

Mr. Llewelyn, ein älterer Herr, wie ich schon sagte, zögerte noch, ehe er sprach.

»Das dachte ich mir«, fuhr Remnant fort. »Nun behaupte ich, daß es vollkommen im Bereich des Möglichen liegt, daß Llewelyn in ganz Meirion Tod und Verderben ausstreut, und doch in seiner gegenwärtigen Persönlichkeit nicht den geringsten Verdacht hat, daß in ihm noch ein anderer Llewelyn steckt, ein Llewelyn, der den Mord als eine schöne Kunst betrachtet.«

Mr. Payne Llewelyn wußte an Mr. Remnants Hypothese, daß er gut und gerne insgeheim ein Mörder sein könnte, dürstend nach Blut, reuelos wie ein wildes Tier, durchaus keinen Gefallen zu finden. Er fand die Formulierung, er betrachte den Mord als eine schöne Kunst, sowohl unsinnig wie ausgesprochen geschmacklos, und an seiner Meinung änderte sich auch dann nichts, als Remnant darauf hinwies, daß De Quincey die Formulierung im Titel eines seiner berühmtesten Essays verwendet hatte.

»Wenn Sie mich hätten zu Worte kommen lassen«, sagte er mit einer gewissen Kälte, »so hätte ich Sie davon in Kenntnis gesetzt, daß ich letzten Dienstag, am Abend, da jene Unglückseligen auf der Landstraße ermordet wurden, im Hotel zum Engel in Cardiff war. Ich hatte Geschäfte in Cardiff und wurde dort bis zum Mittwochnachmittag aufgehalten.«

Nachdem er dieses hinreichende Alibi dargelegt hatte, verließ Mr. Payne Llewelyn den Klub und mied ihn während des Rests der Woche.

Remnant erklärte denen, die im Rauchsalon zurückblieben, daß er natürlich Mr. Payne Llewelyn lediglich als konkretes Beispiel für seine Theorie benutzt habe, die, er bestand darauf, auf beträchtlichem psychologischem Beweismaterial beruhe.

»Es sind mehrere Fälle von gespaltener Persönlichkeit belegt«, erklärte er. »Und ich sage nochmals: Es ist durchaus möglich, daß die Morde von einem von uns in Gestalt seiner anderen Persönlichkeit begangen worden sind. Ich könnte als Remnant B der Mörder sein, obwohl Remnant A nicht das geringste davon weiß und der festen Überzeugung ist, er könne nicht einmal ein Huhn töten, geschweige denn eine ganze Familie! Ist es nicht so, Lewis?«

Dr. Lewis sagte, das stimme theoretisch, doch, glaube er, nicht in der Realität.

»Die meisten Fälle von doppelter oder mehrfach gespaltener Persönlichkeit, die man untersucht hat«, sagte er, »standen in Zusammenhang mit den höchst dubiosen Experimenten der Hypnose oder den noch dubioseren Experimenten des Spiritismus. All das ist meiner Ansicht nach wie das Herumbasteln an einem Uhrwerk – das Herumbasteln eines Laien, meine ich. Man fummelt an den Rädchen und Wälzchen und Uhrteilchen herum, von denen man im Grunde überhaupt nichts versteht, und dann stellt man fest, daß die Uhr rückwärts geht oder zur Teestunde zweihundertvierzigmal schlägt. Und ich glaube, genauso ist es mit diesen Experimenten zu sogenannten paranormalen Zuständen; die gespaltene Persönlichkeit ist sehr wahrscheinlich das Ergebnis des Herumgefummels an einer sehr empfindlichen Apparatur, von der wir gar nichts wissen. Verstehen Sie mich recht, ich behaupte nicht, es sei unmöglich, daß einer von uns in seinem B-Zustand, wie Remnant es nennt, der Landstraßenmörder ist. Aber ich halte es für äußerst unwahrscheinlich. Wissen Sie, Remnant, Wahrscheinlichkeit ist die Richtschnur im Leben«, sagte Dr. Lewis und lächelte zu dem Gentleman hinüber, als wolle er sagen, er habe zu seiner Zeit auch das eine oder andere gelesen. »Und daraus folgt, daß Unwahrscheinlichkeit eine ebensolche Richtschnur ist. Hat man einen sehr hohen Grad von Wahrscheinlichkeit, ist man demgemäß berechtigt, so zu handeln, als herrsche Gewißheit, und andererseits darf man eine Annahme, die äußerst unwahrscheinlich ist, als ausgeschlossen betrachten. Das heißt, in neunhundertneunundneunzig Fällen von tausend.«

»Und was ist mit dem tausendsten Fall?« fragte Remnant. »Was ist, wenn diese unerhörten Verbrechen den tausendsten Fall darstellen?«

Der Arzt lächelte und zuckte die Achseln, da er des Themas überdrüssig war. Doch eine Weile sahen sich hochgeachtete Mitglieder der Gesellschaft in Porth mißtrauisch an und fragten sich, ob am Ende nicht doch etwas dran war. Sowohl Mr. Remnants leicht verrückte Argumentation wie die plausible von Dr. Lewis wurden aber unhaltbar, als zwei weitere Opfer auf dem Altar des rätselhaften und schreckerregenden Todes dargebracht wurden, denn man fand einen toten Mann im Steinbruch bei Llanfihangel, wo man auch die Frau entdeckt hatte. Und am selben Tag fand man ein fünfzehnjähriges Mädchen zerschmettert auf den Felsen unter den Klippen bei Porth. Nun stellte sich heraus, daß diese beiden Todesfälle etwa zur gleichen Zeit stattgefunden haben mußten, jedenfalls in keinem größeren zeitlichen Abstand als dem einer Stunde; und die Entfernung zwischen dem Steinbruch und den Klippen bei Black Rock beträgt gewiß zwanzig Meilen.

»Ein Auto könnte es schaffen«, sagte einer.

Doch man wies darauf hin, daß es keine Landstraße zwischen den beiden Punkten gab – genaugenommen gab es gar keine Straße. Es gab ein Netz schmaler Wege, die sich tief zwischen Hecken und Mauern dahinwanden und in allen möglichen seltsamen Winkeln aufeinander trafen; dieses erstreckte sich über, sagen wir, siebzehn Meilen und lag mitten zwischen Black Rock und dem Steinbruch von Llanfihangel.

Aber um zur Klippenhöhe zu gelangen, mußte man einen Pfad einschlagen, der sich zwei Meilen weit durch die Felder zog, und der Steinbruch lag eine Meile vom nächsten Nebensträßchen entfernt, in unebenem, von Farn und Ginster überwuchertem Gelände. Und schließlich war keine Auto- oder Motorradspur auf den Wegen zu finden, die man hätte benutzen müssen, um vom einen Ort zum anderen zu gelangen.

»Also gut, und ein Flugzeug?« fragte der Mann mit der Auto-Idee. Nun, es gab in der Tat einen Flugplatz, nicht weit von einem der beiden Tatorte; doch irgendwie wollte niemand so recht daran glauben, daß die Luftwaffe einen wahnsinnigen Mörder zu ihren Angehörigen zählte. So schien es klar, daß mehr als eine Person für den Schrecken von Meirion verantwortlich sein mußte. Und Dr. Lewis gab seine eigene Theorie auf.

»Wie ich im Klub zu Remnant gesagt habe«, bemerkte er, »ist Unwahrscheinlichkeit die Richtschnur des Lebens. Ich kann nicht glauben, daß eine Horde von Wahnsinnigen oder auch nur zwei das Land durchstreifen. Ich geb's auf.«

Und nun bemerkte man einen weiteren Umstand beziehungsweise eine Reihe von Umständen, die rätselhaft schienen und neue, wilde Vermutungen erzeugten. Denn um diese Zeit fiel es den Leuten auf, daß keines der gespenstischen Geschehnisse, welche sich um sie her ereigneten, in der Presse auch nur erwähnt wurde. Ich habe bereits vom Schicksal des *Meiroser Anzeigers* berichtet. Diese Zeitung wurde von zuständiger Stelle unterdrückt, weil sie eine kurze Meldung über jemanden gebracht hatte, der »unter geheimnisvollen Umständen tot aufgefunden« worden war; ich glaube, das bezog sich auf den ersten Todesfall im Steinbruch bei Llanfihangel. Danach folgte Schrecknis auf Schrecknis, aber kein einziges Wort darüber wurde in den Lokalzeitungen gedruckt. Die Neugierigeren begaben sich in die Zeitungsbüros – zwei gab es noch in der Grafschaft –, doch sie fanden dort nichts außer der entschlossenen Weigerung, sich auf irgendeine Diskussion einzulassen. Und man versuchte es mit den Zeitungen aus Cardiff und kam nicht weiter; und die Londoner Presse hatte anscheinend keine Ahnung davon, daß eine Reihe von beispiellosen Verbrechen die gesamte Gegend terrorisierte. Alles fragte sich, was geschehen sein mochte, was wohl vor sich ging; und dann flüsterte man, daß die als Leichenbeschauer zuständigen Juristen jegliche Untersuchung dieser im Dunkel liegenden Todesfälle unterbanden.

»Infolge von Anweisungen, die ich von seiten des Innenministeriums erhalten habe«, erklärte – wie man hörte – einer dieser Beamten, »muß ich den Geschworenen sagen, daß es ihre Aufgabe ist, das medizinische Gutachten zu hören und aufgrund des dort Vorgebrachten unverzüglich zu einem Urteil zu kommen. Ich werde keinerlei Fragen zulassen.«

Ein Geschworenenausschuß protestierte. Der Obmann weigerte sich, einen Urteilsspruch zu verkünden.

»Gut denn«, sagte der Leichenbeschauer. »Dann darf ich Ihnen mitteilen, Herr Obmann, meine Herren Geschworenen, daß ich nach dem Gesetz zur Verteidigung des Königreiches bevollmächtigt bin, Ihre Funktion hiermit aufzuheben und aufgrund des vorgelegten Gutachtens ein Urteil zu sprechen, das wirksam ist, als stamme es von Ihnen allen.«

Obmann und Geschworene gaben auf und nahmen hin, was unvermeidlich war. Doch die Gerüchte, die hieraus entstanden und zu der bereits bekannten Tatsache hinzutraten, daß der Schrecken, zweifellos auf offizielle Weisung hin, von der Presse ignoriert wurde, ließen die Panikstimmung anschwellen und gaben ihr eine neue Richtung. Ganz offenbar, so überlegten die Leute, konnten sich diese Beschränkungen und Verbote von Regierungsseite nur auf etwas beziehen, was unmittelbar mit dem Krieg zusammenhing, auf eine große Kriegsgefahr. Und da dem so war, folgte daraus, daß die Ungeheuerlichkeiten, die so geheimgehalten werden mußten, das Werk des Feindes waren, das heißt: das Werk von versteckten deutschen Agenten.

IV

Es ist nun, denke ich, an der Zeit, etwas klarzustellen. Ich habe diesen Bericht mit gewissen Hinweisen auf den ungewöhnlichen Unfall eines Fliegers begonnen, dessen Maschine nach dem Zusammenstoß mit einem großen Taubenschwarm abstürzte, sowie auf die Explosion in einer Rüstungsfabrik im Norden, eine, wie gesagt, sehr eigenartige Explosion. Dann verließ ich die Umgebung von London und auch die Gegend im Norden und befaßte mich mit einer geheimnisvollen und furchterregenden Reihe von Ereignissen, die im Sommer 1915 in einer walisischen Grafschaft stattfanden, welche ich bequemlicherweise Meirion genannt habe.

Nun möchte ich sogleich betonen, daß all die Einzelheiten, die ich über die Vorfälle in Meirion erzählt habe, nicht bedeuten sollen, daß diese Gegend im Westen als einzige oder in besonderem Maße von dem Schrecken betroffen war, der über das Land gekommen war. Man hat mir erzählt, daß in den Dörfern um Dartmoor den mutigen Leuten von Devonshire das Herz sank wie in Zeiten von Pestilenz und Seuche. Der Schrecken zog die Küste von Norfolk entlang, und hoch droben in Perth wagte sich keiner mehr auf den Pfad, der über Scone zu den bewaldeten Höhen hinaufführt, die zum Tay hinunterschauen. Und in den Industriegegenden – ich traf in einem merkwürdigen Winkel von London eines Tages zufällig einen Mann, der mit Entsetzen davon sprach, was ein Freund ihm erzählt hatte.

»›Frag mich nicht weiter, Ned‹, sagt er zu mir, ›aber ich war in Bairnigan neulich, ich sag's dir, und ein Kumpel erzählt mir, er hat's mit eigenen Augen gesehen, wie dreihundert Särge aus 'ner Fabrik nicht weit von da herausgetragen worden sind.‹«

Und dann das Schiff, das, in voller Takelage, vor der Themsemündung hin- und herschwankte im Wind und auf keinen Zuruf antwortete und kein einziges Licht gesetzt hatte! Die Festungen beschossen es und legten einen der Masten um, aber es drehte bei wechselndem Wind plötzlich mit den Segeln ab, die noch standen, und zog den Kanal hinunter und fuhr endlich bei den Fichtenwäldern und Sandbänken vor Arcachon auf Grund, und kein Lebender mehr an Bord, nur Haufen von klappernden Knochen! Die letzte Fahrt der *Semiramis* zu schildern, würde sich fürchterlich lohnen, aber ich habe nur von ferne davon gehört, wie von Seemannsgarn, und habe es nur geglaubt, weil es mit anderen Dingen zusammenstimmte, die ich gewiß wußte.

Darauf also will ich hinaus: Ich habe nur deshalb von dem Schrecken geschrieben, wie er sich in Meirion zeigte, weil ich die Gelegenheit hatte, dicht an das wirkliche Geschehen heranzukommen. An den anderen Orten erfuhr ich Dinge aus dritter, vierter, fünfter Hand, aber um Porth und Merthyr Tegveth habe ich mit Leuten gesprochen, welche die Spuren des Schreckens mit eigenen Augen gesehen haben.

Nun, ich habe erzählt, daß die Bewohner dieser weit im Westen der Insel gelegenen Gegend erkannten, daß nicht nur der Tod durch ihre friedlichen Straßen und über ihre ruhigen Hügel zog, sondern daß all dies aus irgendeinem Grund auch ein Geheimnis bleiben sollte. Die Zeitungen durften keine Nachricht davon drucken; selbst den Gerichten, die einberufen wurden, um die Todesfälle zu untersuchen, wurde nicht gestattet, tatsächlich irgendeine Untersuchung vorzunehmen. Und so kamen sie zu dem Schluß, daß dieser Schleier des Geheimnisses irgendwie mit dem Krieg zusammenhängen mußte, und von dort war es nicht mehr weit bis zu einem anderen Schluß: Die Mörder der unschuldigen Männer, Frauen und Kinder waren entweder Deutsche oder Agenten Deutschlands. Es sähe den Hunnen ähnlich, da waren sich alle einig, sich einen solch teuflischen Plan auszudenken – und sie planten alles immer schon lange vorher. Sie hatten gehofft, Paris innerhalb weniger Wochen einzunehmen, aber als sie an der Marne zurückgeschlagen wurden, hatten sie die Schützengräben an der Aisne als Rückzugsposition schon fertig, das war alles schon Jahre vor dem Krieg festgelegt worden. Und ebenso hatten sie zweifellos diesen schrecklichen Plan gegen England ausgearbeitet, falls sie uns im offenen Kampf nicht besiegen konnten – es standen wahrscheinlich im ganzen Land Leute bereit, die überall auf ein Signal hin mit Mord- und Zerstörungstaten beginnen würden. Auf diese Weise wollten die Deutschen in England Angst und Schrecken verbreiten und unsere Herzen mit Furcht erfüllen, in der Hoffnung, den Feind in der Heimat so zu schwächen, daß er den Mut zum Krieg draußen verlieren würde. Es war die Zeppelinstrategie in anderer Form – sie begingen diese rätselhaften Greuel und dachten, wir würden dadurch vor Entsetzen gelähmt sein.

Es schien alles einleuchtend genug. Deutschland hatte bereits so viele Greueltaten begangen und sich mit so vielen Teufelslisten hervorgetan, daß keine Widerwärtigkeit zu verrucht schien, um wahrscheinlich zu sein, keine Gemeinheit von zu schlauem Raffinement, als daß sie jenseits der boshaften Gerissenheit des Hunnen läge. Doch dann erhob sich die Frage, wer denn die Agenten bei diesem schrecklichen Vorhaben sein mochten, wo sie lebten, wie sie es fertigbrachten, ungesehen von Feld zu Feld, von Straße zu Straße zu kommen. Alle möglichen phantastischen Versuche wurden unternommen, um diese Fragen zu lösen, doch hatte man das Gefühl, daß sie unbeantwortet blieben. Einige schlugen vor, die Mörder hätten von Unterseebooten aus an Land gehen oder von Verstekken an der irischen Westküste herbeifliegen können – bei Nacht kommend und auch wieder gehend; doch wurde rasch klar, daß beide Hypothesen krasse Unmöglichkeiten enthielten. Alles war sich einig, daß die Übeltaten zweifellos das Werk Deutschlands waren, aber niemand konnte auch nur in Ansätzen erklären, wie dies zuging. Im Klub fragte jemand Remnant nach seiner Ansicht.

»Meine Theorie«, sagte dieser ingeniöse Mann, »ist es, daß der menschliche Fortschritt einfach ein langer Marsch vom einen Unvorstellbaren zum nächsten ist. Denken Sie an das

Flugzeug unserer Luftwaffe, das gestern über Porth hinwegzog – vor zehn Jahren wäre das ein unvorstellbarer Anblick gewesen. Nehmen Sie die Dampfmaschine, den Buchdruck, nehmen Sie die Theorie der Schwerkraft – sie waren alle unvorstellbar, bis jemand diesen bestimmten Gedanken gefaßt hat. So ist es zweifellos auch mit diesem satanischen Trick, von dem wir jetzt reden – die Hunnen sind draufgekommen, wir noch nicht, und damit hat es sich. Wir können uns nicht vorstellen, wie diese armen Leute zu Tode gekommen sind, weil uns die Methode selbst unvorstellbar ist.«

Der Klub lauschte diesem erlesenen Gedankengang fast ehrfürchtig. Als Remnant gegangen war, sagte ein Mitglied:

»Wundervoller Kopf das.« »Ja«, sagte Dr. Lewis. »Man hat ihn gefragt, ob er etwas wüßte. Und seine Antwort lief darauf hinaus, daß er sagte: ›Nein, nichts.‹ Aber ich hab's noch nie schöner formuliert gehört.«

Es war wohl um diese Zeit, als die Leute sich den Kopf zerbrachen, welche geheime Technik die Deutschen oder ihre Agenten denn bei ihren Verbrechen anwenden mochten, daß ein äußerst befremdlicher Umstand einigen der Bewohner von Porth bekannt wurde. Er stand in Zusammenhang mit der Ermordung der Familie Williams auf der Landstraße vor ihrer Haustür. Ich weiß nicht, ob ich deutlich gemacht habe, daß die alte Römerstraße, die man die Landstraße nennt, dem Kamm eines langgestreckten, steilen Höhenzuges folgt, der sich stetig nach Westen zieht, um dort endlich ins Meer zu sinken. Auf beiden Seiten der Straße fällt der Hang ab – hier in den tiefen Schatten von Wäldern, dort zu Hochweiden, zuweilen einem Kornfeld, meist aber dem wilden, zerklüfteten Land, das für Arfon charakteristisch ist. Die Felder sind lang und schmal, wie sie sich den steilen Hügel hinaufmühen; sie fallen in plötzliche Senken und Höhlungen ab; inmitten eines solchen Feldes tritt eine Quelle zutage, und ein kleiner Hain aus Eschen und Hagedorn neigt sich schattend darüber; unterhalb des Quells ist der Boden dicht mit Schilf und Binsen bestanden. Und dann liegen zu beiden Seiten eines solchen Feldes Strecken, auf denen Farnkrautdickichte glänzen und stachliger Ginster neben Schwarzdorngebüsch steht, von dessen Zweigen grüne Flechten seltsam hängen; so ist das Land rechts und links der Landstraße.

Nun lag weiter unten am Hang, drei oder vier Felder unterhalb des Hauses der Williams, ein Militärlager. Der Ort ist von der Armee schon seit langen Jahren als Lager benutzt worden, und kürzlich hat man das Gelände erweitert und Baracken errichtet. Doch eine große Zahl der Männer lebte hier im Sommer 1915 in Zelten.

In der Nacht des Landstraßenmordes fand in diesem Lager, wie sich später herausstellte, ein höchst merkwürdiges Schauspiel statt: Die Pferde brachen in Panik aus.

Eine große Anzahl der Männer im Lager schlief kurz nach halb zehn, als der Zapfenstreich geblasen worden war, bereits in ihren Zelten. Sie erwachten voll Angst. Ein donnernder Lärm drang von dem Steilhang zu ihnen herab, und ein halbes Dutzend Pferde drang auf die Zelte ein, außer sich vor Furcht, sie zertrampelten das Segeltuch, trampelten über die Männer hinweg, verletzten Dutzende von ihnen und töteten zwei.

Alles war in völliger Verwirrung, Männer stöhnten und schrien in der Finsternis, kämpften mit den Zeltbahnen und den verknäulten Schnüren, manche riefen – es waren grüne Rekruten dabei –, die Deutschen seien gelandet, andere wischten sich das Blut aus den Augen, ein paar, plötzlich aus tiefem Schlaf gerissen, begannen aufeinander einzuschlagen, Offiziere kamen angerannt und brüllten Befehle für die Sergeanten; eine Gruppe Soldaten, die soeben aus dem Dorf ins Lager zurückkehrte, wurde von Angst erfaßt – sie konnten kaum erkennen oder unterscheiden, was da vor ihnen lag, was so unverständlich wild schrie und fluchte und stöhnte, und sie rannten wieder aus dem Lager hinaus und liefen ums liebe Leben ins Dorf zurück. Alles war im verrücktesten Aufruhr gewaltsamer Unordnung.

Einige der Männer hatten die Pferde den Hang herabgaloppieren sehen, als triebe sie der Schrecken selber. Sie zerstreuten sich ins Dunkel und fanden im Lauf der Nacht irgendwie wieder zu ihrer Weide über dem Lager zurück. Dort grasten sie am Morgen friedlich, und das einzige Anzeichen der nächtlichen Panik war der Schmutz, mit dem sie sich über und über bespritzt hatten, als sie über den nassen Boden gesprengt waren. Der Farmer sagte, die Pferde seien friedlich wie nur irgendeine Koppel in Meirion; er konnte sich's nicht erklären.

»Tatsächlich«, sagte er, »glaub' ich, die müssen den Teufel selbst gesehen haben, daß sie so geängstigt waren, Gott steh' uns bei!«

Nun wurde dies alles zur Zeit des Vorfalls selbst so gut wie möglich geheimgehalten; die Männer im Porth Club erfuhren davon, als sie die schwierige Frage der deutschen Greuel, wie man die Morde allgemein nannte, diskutierten. Und dieser Pferdeausbruch wurde von manchen als Beweis für das Außergewöhnliche, Unerhörte der furchterregenden Macht angeführt, welche am Werk war. Eines der Klubmitglieder hatte von einem Offizier, der zur fraglichen Zeit im Lager gewesen war, erfahren, daß die herabgaloppierenden Pferde in einem unglaublichen Furor der Angst gewesen seien, daß er noch nie Pferde in einem solchen Zustand gesehen habe, und so begannen endlose Spekulationen über die Natur des Anblicks oder Geräusches, durch welche ein halbes Dutzend ruhige Pferde in tobenden Wahnsinn versetzt werden konnte.

Noch mitten in diesem Gespräch wurden zwei oder drei andere Zwischenfälle bekannt, ebenso seltsam und unbegreiflich, die mit zufällig einsickerndem Klatsch aus entlegenen Gehöften in die Stadt gespült worden waren. Oder sie waren am Markttag mit Bauern in die Stadt gekommen, die ein, zwei Hühner, ein paar Eier und Gartengemüse zu verkaufen hatten – Fetzen und Fragmente von Gerede, das die Dienstboten von den Bauern aufgeschnappt und ihren Herrinnen wiederholt hatten. Auf solche Art kam es auf, daß es droben in Plas Newydd beim Schwärmen der Bienen ganz fürchtlich zugegangen war; die Bienen waren wild wie die Wespen gewesen und noch viel aggressiver. Sie hatten die Leute, welche die ausgeflogenen Schwärme einsammeln wollten, wie eine Wolke eingehüllt. Sie hatten sich bei einem Mann auf das Gesicht niedergelassen, so daß man die Züge vor wimmelnden Bienen nicht mehr erkennen konnte, und hatten ihn so übel zerstochen, daß die Ärzte nicht wußten, ob er es überleben würde, und sie hatten ein Mädchen, das beim Einfangen der Schwärme hatte zusehen wollen, gejagt und sich auf sie gesetzt und sie getötet. Dann hatten sie sich in ein Gestrüpp unterhalb der Farm zurückgezogen und waren dort in einen hohlen Baum gekrochen. Es war nicht möglich, sich diesem Unterschlupf zu nähern, weil sie einen bei Tag und bei Nacht angriffen.

Ziemlich dasselbe hatte sich, wie es schien, auf drei oder vier Gehöften ereignet, wo Bienen gehalten wurden. Und es gab Geschichten, wenn auch weniger klare und glaubwürdige, wie Schäferhunde – friedliche und vertraute Tiere – zu Wölfen wurden und die Bauernjungen aufs Schauerlichste verletzten – in einem Fall, wie es hieß, mit tödlichen Folgen. Es war gewiß wahr, daß Mrs. Owens Lieblingshahn, eine Brahma-Dorking-Züchtung, verrückt geworden war – sie kam eines Samstagmorgens nach Porth, Gesicht und Hals ganz verbunden und mit Pflastern überklebt. Sie war am Abend zuvor auf ihr kleines Stück Land hinausgegangen, um das Geflügel zu füttern, und der Hahn hatte sie angeflogen und unbarmherzig attackiert; er hatte ihr einige böse Wunden beigebracht, ehe es ihr gelang, ihn zurückzuschlagen.

»Es lag gerade ein Zaunpfahl da, und das war mein Glück«, sagte sie, »und ich hab' auf ihn eingehauen und eingehauen, bis er sich nicht mehr rührte. Aber was sind denn das für Zeiten, was für Zeiten!«

Nun war Remnant, der große Theoretiker, auch ein Mann, dem ungewöhnlich viel müßige Zeit zur Verfügung stand. Man wußte allgemein, daß er noch als ganz junger Mann eine bedeutende Erbschaft gemacht hatte, und nachdem er ein halbes Dutzend Semester lang im Middle Temple sozusagen vom Jus gekostet hatte, entschied er, daß es sinnlos wäre, sich Prüfungen für einen Beruf zu unterziehen, den auszuüben er nicht die leiseste Absicht hatte. So ignorierte er den Ruf an die breiten Futterkrippen der Juristerei, der durch die Temple Courts hallt, und machte sich daran, als freundlicher Müßiggänger ein wenig die Welt zu bereisen. Er hatte sich in ganz Europa umgetan, er hatte sich Afrika angesehen und hatte sogar den Kopf durch das Tor Asiens gesteckt, auf einer Reise, die unter anderem zu den griechischen Inseln und nach Konstantinopel führte. Nun, da er langsam Mitte Fünfzig war, hatte er sich in Porth niedergelassen, wegen des Golfstroms und der Fuchsienhecken, wie er sagte, und tat sich in seinen Büchern um, spielte mit seinen Theorien und mit dem Lokalklatsch. Er war nicht brutaler veranlagt als die Öffentlichkeit allgemein, welche die Details eines geheimnisvollen Verbrechens zu genießen weiß – doch muß man sagen, daß die Ereignisse des Schreckens, so entsetzlich sie waren, ihm durchaus gelegen kamen. Er untersuchte und prüfte und sammelte Informationen mit dem behaglichen Eifer eines Mannes, dessen Leben eine neue Würze bekommen hat. Er lauschte aufmerksam den eigenartigen Berichten von Bienen und Hunden und Hähnen, die mit den Lastkörben voll Butter, Kaninchen und grünen Erbsen nach Porth kamen; und er formulierte schließlich eine höchst ungewöhnliche Theorie.

Ganz erfüllt von dieser Entdeckung (für eine solche hielt er sie), ging er eines Abends bei Dr. Lewis vorbei, um dessen Meinung einzuholen.

»Ich möchte mit Ihnen über etwas reden«, sagte Remnant zu dem Doktor, »was ich – vorläufig – die Z-Strahlen genannt habe.«

V

Dr. Lewis, der sich geduldig lächelnd auf irgendeine neue bizarre Theorie Remnants gefaßt machte, führte ihn in ein Zimmer, das über den in Stufen abfallenden Garten und das Meer hinwegsah.

Das Haus des Arztes lag nur zehn Minuten zu Fuß von der Mitte der Stadt entfernt und schien doch weit weg von allen anderen Wohnstätten. Die Auffahrt von der Straße führte durch einen dichten Bestand von Bäumen und Strauchwerk, das Haus war auf beiden Seiten von Bäumen umgeben, die in benachbarte Baumgruppen übergingen, und drunten fiel der Garten Stufe um Stufe in eine Wildnis ab, durch die sich zwischen rötlichen Felsen ein Weg wand, der schließlich im gelben Sand einer kleinen Bucht endete. Die bis zum Boden reichenden Fenster standen weit offen, und die beiden Männer saßen nun im weichen Lampenlicht – dies ereignete sich vor den Tagen der strengen Verdunkelungsbestimmungen im Westen – und genossen den Duft und den Anblick des schönen Sommerabends. Dann begann Remnant:

»Ich nehme an, Lewis, Sie haben auch diese eigenartigen Geschichten von Bienen und Hunden und so weiter gehört, die in letzter Zeit die Runde machen?«

»Gewiß. Ich wurde nach Plas Newydd gerufen und habe Thomas Trevor behandelt, der übrigens erst seit kurzer Zeit außer Lebensgefahr ist. Ich habe den Totenschein für das arme Kind ausgestellt – Mary Trevor. Sie lag im Sterben, als ich dort ankam. Es bestand kein Zweifel, daß sie von Bienen zu Tode gestochen worden ist, und ich glaube, es hat ganz ähnliche Fälle in Llantarnam und Morwen gegeben – keine mit Todesfolge allerdings, soweit ich weiß. Was ist damit?«

»Nun – es gibt dann noch die Berichte von gutmütigen alten Schäferhunden, die plötzlich wild werden und über Kinder herfallen?«

»Richtig. Ich habe mit keinem von diesen Fällen direkt zu tun gehabt, aber ich glaube, die Geschichten sind durchaus wahr.«

»Und die alte Frau, die von ihrem eigenen Geflügel attakkiert wurde?«

»Stimmt auch vollkommen. Ihre Tochter hat ihr irgendeine hausgemachte Salbe auf Gesicht und Hals gestrichen, und dann ist sie zu mir gekommen. Die Wunden schienen ganz gut zu heilen, also hab' ich ihr gesagt, sie soll mit der Behandlung fortfahren, worin die nun auch bestehen mochte.«

»Gut denn«, sagte Mr. Remnant. Er sprach nun mit eindringlichster Betonung. »Erkennen Sie nicht die Verbindung zwischen all dem und den entsetzlichen Ereignissen, die im letzten Monat hier in der Gegend geschehen sind?«

Lewis starrte Remnant verblüfft an. Er zog die roten Augenbrauen hoch und senkte sie dann wieder in einem fast zornigen Stirnrunzeln. Als er sprach, klangen Spuren seines heimatlichen Akzents mit.

»Das soll wohl ein Witz sein!« rief er. »Worauf wollen Sie denn jetzt hinaus? Verrückt! Wollen Sie mir im Ernst weismachen, daß Sie an eine Verbindung zwischen ein, zwei Bienenschwärmen, die böse geworden sind, einem tückischen Hund und einem boshaften alten Hofhahn – und diesen armen Menschen, die über Klippen geschleudert und auf der Straße zu Tode gedroschen worden sind, glauben wollen? Das gibt doch nun wirklich keinen Sinn.«

»Ich neige sehr zu der Annahme, daß hierin im Gegenteil der eigentliche Sinn zu finden ist«, erwiderte Remnant mit äußerster Ruhe. »Wissen Sie, Lewis, ich habe genau gesehen, wie Sie neulich gegrinst haben, als ich denen im Klub erzählt habe, daß meiner Ansicht nach all diese Greuel gewiß von den Deutschen, aber mit Methoden, von denen wir keine Ahnung haben, begangen worden sind. Was ich aber sagen wollte, als wir über Unvorstellbares redeten, war einfach: Daß die Familie Williams und der Rest auf eine Art getötet worden sind, welche die Theorie gar nicht vorsieht, unsere Theorie jedenfalls nicht, eine Art, die wir nicht bedacht, uns nicht einen einzigen Augenblick lang vorgestellt haben. Sie sehen, worauf ich hinauswill?«

»Irgendwie schon. Sie meinen, die Methode ist absolut neuartig? Dem stimme ich zu. Aber was weiter?«

Remnant schien zu zögern, teilweise aus einem Gefühl der Bedeutsamkeit dessen, was er nun zu sagen hatte, heraus, teilweise aus einem gewissen Widerwillen, ein so tiefes Geheimnis mit jemandem zu teilen.

»Nun«, sagte er, »Sie werden mir zugestehen, daß wir hier zwei Gruppen von sehr ungewöhnlichen Phänomenen haben, die sich zur gleichen Zeit ereignen. Glauben Sie nicht, daß es nur logisch ist, die beiden Gruppen miteinander in Beziehung zu setzen?«

»So dachte sich das der Philosoph des Kirchturms von Tenterden und des Strands von Goodwin, zweifellos«, sagte Lewis. »Aber worin besteht die Verbindung? Die armen Leute auf der Landstraße sind nicht von Bienen gestochen oder von einem Hund angefallen worden. Und Pferde werfen keine Menschen über die Steilklippen oder ertränken sie im Sumpf.«

»Nein. Eine solche Absurdität wollte ich auch nie behaupten. Es scheint mir aber offensichtlich, daß in all diesen Fällen, da Tiere plötzlich wild geworden sind, der Grund Angst war, Panik, Schrecken. Die Pferde, die in das Lager stürmten, waren, wie wir wissen, verrückt vor Angst. Und ich behaupte, daß in den anderen Fällen, von denen wir gerade geredet haben, der Grund derselbe war. Diese Kreaturen waren einem Erreger von Angst ausgesetzt, und ein geängstigtes Tier, ein Vogel, ein Insekt, sie alle gebrauchen die Waffen, welche sie besitzen. Wenn zum Beispiel jemand in unmittelbarer Nähe gewesen wäre, als die Pferde in Panik gerieten, hätten sie mit ihren Hufen nach ihm ausgeschlagen.«

»Ja, davon wird man ausgehen können. Und –?«

»Und ... ich glaube, daß die Deutschen eine erstaunliche Entdeckung gemacht haben. Ich habe sie als Z-Strahlen bezeichnet. Sie wissen, der Äther ist nur eine Hypothese – wir müssen davon ausgehen, daß er da ist, damit der Marconi-Strom von einem Ort zum anderen kommt. Jetzt nehmen wir einmal an, daß es einen psychischen sowohl wie einen materiellen Äther gibt, nehmen wir an, daß es möglich ist, durch dieses Medium unwiderstehliche Impulse zu senden, nehmen wir an, diese Impulse richten sich auf Mord oder Suizid! Dann, dächte ich, hätte man eine Erklärung für die furchtbaren Geheimnisse in Meirion während der letzten Wochen. Und für mich steht es ganz fest, daß die Pferde und die anderen Lebewesen diesen Z-Strahlen ausgesetzt worden sind, und daß diese die Wirkung eines großen Schreckens gehabt haben, eines Schreckens, der zu wilder Wut führte. Was sagen Sie nun dazu? Telepathie, wissen Sie, ist gut bewiesen, ebenso hypnotische Beeinflussung, da müssen Sie nur in die *Encyclopaedia Britannica* schauen, und in manchen Fällen ist die Suggestion so stark, daß sie einem unwiderstehlichen Befehl gleichkommt. Und wenn man nun Telepathie und Suggestion sozusagen kombiniert – meinen Sie dann nicht auch, daß man dann schon fast das hat, was ich Z-Strahlen genannt habe? Ich denke eigentlich, ich habe für meine Hypothese bessere Ausgangsvoraussetzungen als der Erfinder der Dampfmaschine, als er den Deckel des Teekessels auf und ab hüpfen sah! Was meinen Sie?«

Dr. Lewis gab keine Antwort. Er sah dem Wachstum eines neuen, unbekannten Baumes in seinem Garten zu.

Der Doktor gab auf Remnants Frage keine Antwort. Zunächst einmal war Remnants Rhetorik höchst weitschweifig – sie ist ihm in diesem Bericht unnachsichtig zusammengestrichen worden –, und Lewis war des Geräuschs seiner Stimme müde. Des weiteren erschien ihm die Theorie von den Z-Strahlen fast unerträglich überspannt, bizarr genug, um den festesten Geduldsfaden zu zerreißen. Und dann, als die ermüdende Argumentation weiter ging und weiter, wurde Lewis sich dessen bewußt, daß etwas an dieser Nacht seltsam war.

Es war eine dunkle Sommernacht. Der Mond war alt und schwach, er stand jenseits der Bucht über dem Dragon's Head, und die Luft war sehr still. Sie war so still, daß Lewis bemerkte, wie sich am höchsten Wipfel eines hohen Baumes, der sich gegen den Himmel abhob, nicht ein einziges Blatt rührte; und doch war er sich im klaren darüber, daß er einen Laut hörte, welchen er nicht genau bestimmen oder identifizieren konnte. Es war nicht der Wind in den Bäumen, es war nicht das leise Schlagen der Meereswellen gegen die Felsen – dies letztere Geräusch konnte er leicht unterscheiden. Aber es war da etwas anderes. Es war kaum ein Geräusch – es war, als zittere und flattere die Luft selber, wie die Luft in einer Kirche erzittert, wenn die großen Orgelpfeifen geöffnet werden.

Der Doktor lauschte angestrengt. Es war keine Illusion, der Laut war nicht nur in seinem eigenen Kopf, wie er einen Moment lang geglaubt hatte; doch konnte er um nichts in der Welt ausmachen, woher er kam oder was es war, das dieses Geräusch hervorbrachte. Er sah in die Nacht, in seinen Garten hinab, wo jetzt die Nachtblumen dufteten; er versuchte, über die Baumwipfel hinweg und über die See zum Dragon's Head hinüberzuspähen. Es kam ihm plötzlich der Gedanke, daß diese seltsame flatternde Vibration der Luft das Geräusch eines fernen Flugzeugs oder Luftschiffs sein mochte – das übliche surrende Summen war nicht zu hören, doch mochte dieser Laut hier von einem neuen Motorentyp erzeugt werden. Ein neuer Motorentyp? Möglicherweise war es ein feindliches Luftschiff; deren Reichweite, so hatte es geheißen, war vergrößert worden, und Lewis wollte gerade Remnant auf das Geräusch aufmerksam machen, auf seine mögliche Ursache und die möglicherweise über ihnen schwebende Gefahr, als er etwas erblickte, das ihm Atem und Herzschlag stocken ließ vor ungläubigem, fast entsetztem Erstaunen.

Er hatte in den Himmel hinaufgestarrt, und als er sich anschickte, zu Remnant zu sprechen, hatte er den Blick einen Moment gesenkt. Er sah so zu den Bäumen im Garten hinüber und erkannte mit vollkommener Überraschung, daß einer davon in den wenigen Stunden, welche seit Sonnenuntergang vergangen waren, seine Form verändert hatte. Entlang der untersten Terrassenstufe des Gartens wuchs ein Stechpalmendickicht, aus dem sich eine große Kiefer erhob, die ihre Krone aus spärlichen, dunklen Zweigen schwarz gegen den Himmel reckte.

Als Lewis in den Garten hinunterblickte, sah er, daß die hohe Kiefer verschwunden war. An ihrer Statt ragte über den Stechpalmen etwas auf, das selber ein großer Stechpalmenbusch hätte sein können; die Schwärze einer dichten Belaubung erhob sich wie eine breite, weit ausladende, gerundete Wolke über den anderen Bäumen.

Hier also bot sich ein völlig unglaublicher, unmöglicher Anblick. Es muß bezweifelt werden, ob die Vorgänge im menschlichen Bewußtsein in einem solchen Falle je analysiert und registriert worden sind, ob sie sich überhaupt registrieren lassen. Es ist eigentlich nicht gerecht, hier einen Mathematiker als Beispiel heranzuziehen, denn er befaßt sich mit der absoluten Wahrheit (sofern sich unser sterbliches Wesen absolute Wahrheit vorstellen kann) – doch wie würde ein Mathematiker empfinden, wenn er plötzlich vor einem zweiseitigen Dreieck stünde? Ich nehme an, er würde sofort in tobenden Wahnsinn verfallen; und Lewis, der mit weit aufgerissenen Augen und wildem Blick auf einen dunklen, seine Krone breitenden Baum starrte, welcher, wie ihm seine eigene Erfahrung sagte, nicht da war, verspürte einen Moment lang den Schock, der uns eigentlich alle überkommen sollte, wenn uns zum erstenmal die unerträgliche Antinomie von Achilles und der Schildkröte aufgeht. Der gesunde Menschenverstand sagt uns, daß Achilles beinahe mit Blitzesgeschwindigkeit an der Schildkröte vorbeirennen wird; die unerbittliche Wahrheit der Mathematik versichert uns, daß bis zum Verdampfen der Erde und zum Einsturz der Himmel die Schildkröte stets vorne liegen muß, und darüber sollten wir anständigerweise verrückt werden. Wir tun's nicht, weil man uns in einem Gnadenakt eröffnet, daß vor der letzten Berufungsinstanz alle

Wissenschaft eine Lüge ist, selbst die höchste von allen, und so lächeln wir einfach über Achilles und die Schildkröte, wie wir über Darwin lächeln, Huxley verspotten und Herbert Spencer auslachen.

Dr. Lewis lächelte nicht. Er starrte irritiert in das Dämmern der Nacht, auf den großen, breit fächernden Baum, der, wie er wußte, nicht da sein konnte. Und während er schaute, sah er, daß das, was ihm zuerst als dichte Schwärze des Laubes erschienen war, durchzogen und bestirnt war von einem wunderbaren Anschein von Lichtern und Farben.

Später sagte er zu mir: »Ich erinnere mich, wie ich bei mir dachte: ›Also, ich deliriere nicht, meine Temperatur ist vollkommen normal. Ich bin nicht betrunken, ich hatte nur einen Schoppen Graves zum Abendessen, das ist über drei Stunden her. Ich habe keine Giftpilze verzehrt; ich habe nicht experimentellerweise *Anhelonium Lewinii* zu mir genommen. Was also ist mir? Was geht hier vor?«

Die Nacht war dunkler geworden; Wolken verdeckten den schwachen Mond und die dunstigen Sterne. Lewis stand auf, mit einer Art warnenden, Vorsicht gebietenden Geste zu Remnant hin, der ihn, wie er abwesend wahrnahm, verdutzt anstarrte. Er ging zur offenen Fenstertür hin und tat einen Schritt auf den Gartenweg hinaus, um von dort mit größter Konzentration den dunklen Baum zu betrachten, drunten im Garten, über dem Schlagen der Wellen. Er dunkelte das Lampenlicht, das hinter ihm schien, ab, indem er die Hände zu beiden Seiten der Augen hielt.

Die Masse der Baumkrone – des Baumes, der nicht da sein konnte – hob sich gegen den Himmel ab, doch jetzt, nach dem Aufziehen der Wolken, nicht länger mit solcher Klarheit. Der Umriß, die Ränder des Laubes, waren nicht mehr so deutlich. Lewis glaubte, eine Art zitternder Bewegung darin erkennen zu können, obwohl vollkommene Windstille herrschte. Es war eine Nacht, da man hätte ein brennendes Streichholz in die Höhe halten und zusehen können, wie die Flamme ohne ein Schwanken, ohne sich zu neigen, leuchtete.

»Sie wissen doch«, sagte Lewis, »wie manchmal ein Stück verbranntes Papier noch über der Kohle schwebt, ehe es den Kamin hinaufgeweht wird, und kleine Feuerwürmchen hindurchhuschen. So war es; als ob man in einer gewissen Entfernung von diesem Schauspiel stünde. Nur Fäden, Haare aus gelbem Licht sah ich, Flecken und Funken von Feuer, und dann das Glitzern einer Rubinröte, nicht größer als eine Nadelspitze, und ein das Schwarz durchwanderndes Grün wie ein kriechender Smaragd, und dann kleine Äderchen aus tiefem Blau. ›Weh mir!‹ sagte ich zu mir auf walisisch. ›Was ist all diese Farbe und all dies Brennen?‹

Und eben in diesem Augenblick schlug es mit donnerndem Pochen drinnen an die Zimmertür, und mein Aufwärter sagte mir, daß ich gleich oben in Garth erwartet würde, weil es dort dem alten Mr. Trevor Williams plötzlich sehr schlecht ginge. Ich wußte, sein Herz war nicht viel wert, so daß ich gleich aufbrechen mußte, und Remnant würde sich seinen eigenen Reim auf das Vorgefallene machen müssen.«

VI

Dr. Lewis wurde in Garth einige Zeit aufgehalten. Es war schon nach zwölf, als er nach Hause zurückkehrte. Er ging rasch in das Zimmer, das auf den Garten schaute und auf die See, warf die Fenstertüren auf und spähte ins Dunkel hinaus. Da, schwach abgezeichnet gegen den schwach erhellten Himmel, doch unverkennbar, stand die hohe Kiefer mit den spärlichen Zweigen hoch über dem Dickicht der Stechpalmenbüsche. Das seltsame Gezweig, das ihn erstaunt hatte, war verschwunden; nichts war nun von Farben oder Feuern zu erblicken.

Er zog sich den Stuhl ans offene Fenster und saß dort bis tief in die Nacht, hinausschauend und verwundert, bis sich Meer und Himmel aufhellten und die Formen der Bäume im Garten deutlich sichtbar wurden. Endlich ging er hinauf in sein Schlafzimmer, erfüllt von einer großen Ratlosigkeit, immer noch mit Fragen beschäftigt, auf die es keine Antwort gab.

Der Doktor sagte zu Remnant nichts von dem seltsamen Baum.

Als sie sich das nächste Mal begegneten, sagte Lewis, er hätte gedacht, ein Mann verberge sich im Gebüsch – dies, um seine warnende Handbewegung zu erklären und sein Hinausgehen in den Garten, wo er in die Nacht gestarrt hatte. Er verhehlte die Wahrheit aus Furcht vor der Remnantschen Theorie, die ihm unweigerlich dargelegt werden würde; tatsächlich hatte er die Hoffnung, nichts mehr von den Z-Strahlen hören zu müssen. Doch Remnant kam mit großer Bestimmtheit auf seinen Gegenstand zurück.

»Wir wurden unterbrochen, als ich Ihnen gerade meine Beweisführung entwickelt habe«, sagte er. »Und um zusammenzufassen – es läuft auf folgendes hinaus: Die Hunnen haben in der wissenschaftlichen Entwicklung einen großen Sprung vorwärts getan. Sie senden ›Suggestionen‹ aus (die unwiderstehlichen Befehlen gleichkommen), hierher in unser Land, und die betroffenen Personen werden von einem mörderischen oder suizidalen Wahn befallen. Die Menschen, die ums Leben gekommen sind, indem sie über die Klippen oder in den Steinbruch gestürzt sind, haben wahrscheinlich Selbstmord begangen; ebenso der Mann und der Knabe, die im Sumpf gefunden wurden. Was den Landstraßenfall angeht, so werden Sie sich erinnern, daß Thomas Evans ausgesagt hat, er habe in der Mordnacht dort angehalten und mit Williams gesprochen. Meiner Meinung nach war Evans der Mörder. Er geriet unter den Einfluß der Strahlen, wurde augenblicklich zum rasenden Mörder, entriß Williams den Spaten und tötete ihn und die anderen.«

»Die Leichen wurden von mir auf der Straße gefunden.«

»Es ist möglich, daß die anfängliche Wirkung der Strahlen eine starke nervöse Erregung auslöst, welche sich im äußeren Verhalten zeigt. Williams hätte dann nach seiner Frau gerufen, daß sie kommen und schauen solle, was Evans denn fehle. Die Kinder folgten naturgemäß der Mutter. Das alles scheint mir ganz einfach. Was die Tiere betrifft – die Pferde, Hunde und so weiter –, diese sind, wie gesagt, zweifellos durch die Strahlen in Panik versetzt worden, was eine aggressive Wildheit in ihnen erzeugte.«

»Warum soll Evans Williams ermordet haben anstatt daß Williams Evans ermordete? Warum wirkten die Strahlen auf den einen und auf den anderen nicht?«

»Warum reagiert der eine stark auf ein bestimmtes Medikament, das auf den anderen überhaupt nicht wirkt? Warum kann A eine Flasche Whisky trinken und nüchtern bleiben, während B schon beim dritten Glas fast von Sinnen ist?«

»Es ist dies eine Frage der Idiosynkrasie«, sagte der Doktor.

»Ist Idiosynkrasie der griechische Ausdruck für ›Ich weiß auch nicht‹?« fragte Remnant.

»Durchaus nicht«, sagte Lewis mit mildem Lächeln. »Ich meine, daß bei bestimmten Diathesen Whisky (da Sie Whisky als Beispiel gewählt haben) nicht oder jedenfalls nicht unmittelbar pathogen zu wirken scheint. In anderen Fällen scheint, wie Sie sehr richtig bemerkt haben, mit dem Konsum der fraglichen Spirituose automatisch eine ausgeprägte Kachexie aufzutreten, selbst bei vergleichsweise geringfügigen Dosen.«

In dieser Wolke professionellen Vokabulars entkam Lewis Remnant und dem Klub. Er wollte nichts mehr von den furchtbaren Strahlen hören, weil er sicher war, daß diese Strahlen reiner Unsinn waren. Doch wenn er sich fragte, worauf diese Sicherheit gründete, mußte er gestehen, daß er es nicht wußte. Ein Flugzeug, dachte er, war auch reiner Unsinn, bis es einmal gebaut war; und er erinnerte sich, wie er Anfang der neunziger Jahre einem Freund von den jüngst entdeckten Röntgen- oder X-Strahlen erzählt hatte. Der Freund lachte ungläubig und glaubte offensichtlich kein Wort, bis Lewis ihm erzählte, daß ein Aufsatz darüber in der letzten Nummer der *Saturday Review* stand – worauf der Skeptiker sagte: »Ach tatsächlich? Ah ja, ich *verstehe*«, und auf der Stelle zum Röntgenglauben bekehrt war. Lewis staunte beim Gedanken an diese Unterhaltung über den menschlichen Verstand und seine seltsamen Winkelzüge, sein unlogisches und doch über alles obsiegendes »Ergo...«; und er fragte sich, ob er selbst vielleicht nur auf einen Artikel über die Z-Strahlen in der *Saturday Review* wartete, um zum getreuen Anhänger von Remnants Theorie zu werden.

Doch mit weitaus größerem Eifer fragte er sich nach dem ungewöhnlichen Ding, das er mit eigenen Augen in seinem eigenen Garten gesehen hatte. Der Baum, der während ein, zwei nächtlicher Stunden seine Form verändert hatte, der Wuchs seltsamer Zweige, das Erscheinen geheimer Feuer zwischen ihnen, das Funkeln von smaragdenen und rubinroten Lichtern – wie konnte man umhin, sich angesichts eines solchen Rätsels vor großem Erstaunen zu ängstigen?

Dr. Lewis' Gedanken wurden durch den Besuch seiner Schwester und ihres Ehegatten von seinem unglaublichen Abenteuer mit dem Baum abgelenkt. Mr. und Mrs. Merritt lebten in einer bekannten Fabrikstadt in den Midlands, die nun natürlich ein Rüstungzentrum war. Am Tage ihrer Ankunft in Porth ging Mrs. Merritt, die nach der langen, heißen Fahrt müde war, früh zu Bett, und Merritt und Lewis gingen in das Gartenzimmer, um dort miteinander zu reden und zu rauchen. Sie sprachen von dem Jahr, das seit ihrer letzten Begegnung vergangen war, von dem sich langsam vorwärtsquälenden Kriegsgeschehen, von Freunden, die darin umgekommen waren, von der Hoffnungslosigkeit, daß all dies Elend ein rasches Ende finden könnte. Lewis sagte nichts von dem Schrecken, der über das Land gekommen war. Man begrüßt einen müden Mann, der sich an einem ruhigen, sonnigen Ort von Ruß, Arbeit und Sorgen erholen möchte, nicht mit einer Schauergeschichte. Tatsächlich sah der Doktor, daß sein Schwager angegriffen ausschaute. Und er schien »nervolabil« – ein gelegentliches Muskelzucken am Mundwinkel gefiel Lewis ganz und gar nicht.

»Na«, sagte der Doktor nach einer Pause des Schweigens und Portweintrinkens, »ich bin froh, dich wieder hier zu sehen. Porth bekommt dir immer gut. Du scheinst mir nicht so ganz auf dem Damm. Aber drei Wochen die Luft von Meirion, das tut Wunder.«

»Hoffen wir's«, sagte der Schwager. »Ich fühl' mich wirklich nicht sehr gut. Es steht nicht zum besten in Midlingham.«

»Die Geschäfte laufen doch, oder?«

»Ja. Die Geschäfte gehen gut. Aber es gibt andere Dinge, da – steht es schlecht. Wir leben unter einer Schreckensherrschaft. Das ist es.«

»Was um Himmels willen soll das heißen?«

»Nun – ich nehme an, daß ich dir wohl erzählen darf, was ich weiß. Viel ist es nicht. Ich habe nicht gewagt, es in meinen Briefen zu schreiben. Aber hast du gewußt, daß vor jeder Rüstungsfabrik in Midlingham und in der ganzen Gegend Tag und Nacht ein Trupp Soldaten mit aufgepflanztem Bajonett und geladenem Gewehr Wache hält? Mit Bomben auch. Maschinengewehre an den großen Fabriken.«

»Wegen deutscher Spione?«

»Um Spione zu bekämpfen, braucht man keine MGs. Oder Bomben. Oder eine Abteilung Soldaten. Letzte Nacht bin ich aufgewacht. Das Maschinengewehr vor Beningtons Armeemotorenwerk war's. Feuerte wie wild durch die Nacht. Und dann bumm! Bumm! Bumm! Das waren die Bomben.«

»Aber gegen wen?«

»Niemand weiß es.«

»Niemand weiß, was geschieht«, wiederholte Merritt, und fuhr fort, die Ratlosigkeit und das Grauen zu beschreiben, die wie eine Wolke über der großen Industriestadt in den Midlands hingen – zu erzählen, wie am schlimmsten das Gefühl von etwas Verborgenem war, von einer unerträglichen geheimen Gefahr.

»Ein junger Bursche, den ich kenne«, sagte er, »hatte neulich kurz Urlaub von der Front, und er hat ihn bei seinen Leuten in Belmont verbracht – das ist etwa vier Meilen von Midlingham weg. ›Gott sei Dank‹, sagt er zu mir, ›morgen geh' ich zurück. Man kann nicht behaupten, daß die Front bei Ypern ein angenehmer Ort ist. Aber dort ist es, verdammt noch mal, besser als hier. An der Front weiß man, was einem droht.‹ In Midlingham haben wir alle das Gefühl, daß etwas Furchtbares um uns lauert, und wir wissen nicht, was; deshalb flüstern die Leute nur noch. Ein Schrecken liegt in der Luft.«

Merritt zeichnete eine Art Bild der großen Stadt, die sich voll Angst vor einer unbekannten Gefahr in sich zusammenkauerte.

»Die Leute haben Angst, nachts allein durch die Außenbezirke zu gehen. Sie sammeln sich in Gruppen an den Bahnhöfen, um gemeinsam nach Hause zu kommen, wenn es dunkel wird oder der Weg durch eine einsame Straße führt.«

»Aber weshalb? Ich begreife es nicht. Wovor fürchten sie sich?«

»Nun, ich hab' dir erzählt, wie ich letztens aufgewacht

bin, als die Maschinengewehre an der Motorenfabrik losgerattert haben und die Bomben explodiert sind, mit höllischem Lärm. So etwas erschreckt einen, das ist nur natürlich.«

»Ja, bestimmt ist so etwas furchterregend. Du meinst also, es herrscht eine allgemeine Nervosität, eine unklare Beunruhigung, so daß die Leute eng zusammenrücken?«

»Das ist es – und mehr. Es sind Leute fortgegangen und nie mehr zurückgekommen. Es waren zwei Männer im Zug nach Holme, die sich gestritten haben, wie man am schnellsten nach Northend kommt, einer Art Vorort von Holme, wo sie beide wohnten. Sie haben die ganze Fahrt ab Midlingham hin und her geredet, der eine sagte, die Hauptstraße sei der schnellste Weg, obwohl's der längste wäre. ›Es ist am schnellsten, weil man ohne Hindernis vorankommt‹, sagte er.

Der andere war für eine Abkürzung durch die Wiesen am Kanal. ›Das ist bloß die halbe Strecke‹, sagte er immer. ›Ja, wenn man nicht vom Weg abkommt‹, sagte der andere. Nun, am Ende haben sie wohl um eine glatte Halfcrown gewettet, und jeder nahm seinen eigenen Weg, als sie aus dem Zug gestiegen waren. Sie machten aus, man würde sich im ›Heuwagen‹ in Northend treffen. ›Ich bin zuerst im ›Wagen‹!‹ sagte der Mann, der für die Abkürzung war, und damit ist er über den Zauntritt gestiegen und quer über die Wiesen davon. Es war noch nicht so spät, daß es wirklich dunkel gewesen wäre, und viele glaubten, er würde die Wette gewinnen. Aber er ist nie im ›Heuwagen‹ aufgetaucht – oder irgendwo anders.«

»Was ist mit ihm geschehen?«

»Man fand ihn mitten in einer Wiese auf dem Rücken liegend – eine gewisse Strecke vom Fußweg entfernt. Er war tot. Die Ärzte sagten, er sei erstickt. Niemand weiß, wie. Es hat andere solche Fälle gegeben. Wir flüstern davon in Midlingham, aber wir haben Angst, laut darüber zu sprechen.«

Lewis dachte gründlich über all dies nach. Schrecken über Meirion und Schrecken weit entfernt im Herzen Englands – aber in Midlingham handelte es sich, soweit er es den Geschichten von Soldaten auf Wache, von knatternden Maschinengewehren entnehmen konnte, um einen organisierten Angriff auf den Rüstungsnachschub. Er hatte das Gefühl, er wisse nicht genug, um zu dem Schluß zu gelangen, der Schrecken von Meirion und der von Stratfordshire seien ein und derselbe.

Dann begann Merritt wieder:

»Es geht eine seltsame Geschichte herum, wenn die Türen versperrt sind und die Vorhänge zugezogen, heißt das, da ist von einem Ort draußen auf dem Land die Rede, auf der anderen Seite von Midlingham, gegenüber Dunwich. Da draußen haben sie eine von den neuen Fabriken gebaut, eine große Stadt aus Backsteinhallen, wird gesagt, mit einem riesigen Kamin. Ist erst seit einem Monat oder anderthalb fertig. Das Ding haben sie mitten in die Felder gestellt, an der Bahnlinie, und sie bauen Baracken für die Arbeiter, so rasch sie können, aber im Augenblick wohnen die Männer noch in allen möglichen Quartieren den Schienenstrang rauf und runter.

Etwa zweihundert Yards entfernt verläuft ein alter Fußpfad, der kommt vom Bahnhof und von der Hauptstraße und führt zu einem kleinen Weiler am Hang. Ein Stück weit geht dieser Weg an einem ziemlich großen Wald entlang, der meist aus dichtem Unterholz besteht. Ich würde sagen, das müssen zwanzig Morgen Wald sein, mehr oder weniger. Wie es sich trifft, bin ich vor langer Zeit einmal diesen Weg gegangen; und ich kann dir sagen, daß es da nachts finster ist.

Ein Mann hat eines Nachts diesen Weg genommen. Er kam auch gut voran, bis er an den Wald gelangte. Und dann, sagt er, ist ihm das Herz stehengeblieben. Es war furchtbar, die Geräusche in diesem Wald zu hören. Tausende von Männern waren dort drinnen, das schwört er. Er war voller Geraschel und rennender Schritte, die versuchten, leise zu sein, und Knacken von Zweigen auf dem Boden, auf die jemand drauftrat, und Schleifen übers Gras und einer Art von schnatterndem Sprechen die ganze Zeit, das klang, sagte er, als säßen da die Skelette der Toten und redeten! Er lief jedenfalls um sein Leben – über Felder, über Hecken, durch die Bäche. Er muß, so wie er's erzählt, zehn Meilen Umweg gerannt sein, bis er zu seiner Frau nach Hause kam und an die Tür schlug, hineinstürzte und hinter sich zuriegelte.«

»Jeder Wald hat bei Nacht etwas einigermaßen Unheimliches«, sagte Dr. Lewis.

Merritt zuckte die Achseln.

»Die Leute sagen, die Deutschen sind gelandet und verbergen sich an unterirdischen Orten, überall im ganzen Land.«

VII

Lewis seufzte leise und versank dann ehrfürchtig in Betrachtungen darüber, was Gerüchte vermögen. Die Deutschen waren gelandet, verbargen sich unterirdisch, schlugen des Nachts insgeheim und fürchterlich gegen England los! Das war eine Vorstellung, vor welcher der Mythos von den Russen zum Kindermärchen verblaßte; neben der die Legende der Engel von Mons kraftlos erschien. Es war ungeheuerlich. Und doch –

Er betrachtete Merritt; ein dickschädliger, schwarzhaariger, solider Mann. Gewiß zeigte er gegenwärtig Symptome von Nervosität, doch das war kaum verwunderlich, ob nun die Geschichten wahr waren, die er erzählte, oder ob er nur an ihre Wahrheit glaubte. Lewis kannte seinen Schwager schon zwanzig Jahre oder länger und hatte in ihm immer einen Mann gefunden, der sich ruhig und souverän in seiner eigenen kleinen Welt bewegte. »Aber eben das ist es«, dachte sich der Doktor, »diese Männer sind verloren, sowie sie einmal aus dem Bezirk ihrer kleinen Welt hinausgeraten. Das sind die Männer, die an Madame Blavatsky geglaubt haben.«

»Und«, fragte er, »was meinst du selber dazu? Die Deutschen sind gelandet und haben sich irgendwo im Lande versteckt – es ist schon eine ziemlich gewagte Idee, oder?«

»Ich weiß nicht mehr, was ich denken soll. Man kommt an den Tatsachen nicht vorbei. In ganz Stratfordshire stehen die Soldaten mit Gewehren und Maschinenwaffen um die Fabriken, und man hört sie feuern. Ich hab's dir gesagt: Ich hab' sie gehört. Auf wen schießen die denn? Das fragen wir uns in Midlingham.«

»Natürlich, das verstehe ich. Eine unglaubliche Situation.«

»Unglaublich? Es ist furchtbar. Es ist der Schrecken im Dunkeln, und nichts ist schlimmer als das. Wie der junge Mann sagte, von dem ich erzählt habe: ›An der Front weiß man, was einem droht.‹«

»Und die Leute glauben wirklich, daß eine Anzahl von Deutschen irgendwie nach England herübergekommen ist und sich unterirdisch verborgen hält?«

»Die Leute sagen, die hätten eine neue Art Giftgas. Manche meinen, sie graben sich unterirdische Höhlen und erzeugen dort das Gas und leiten es durch geheime Röhren in die Werkhallen – andere sagen, sie werfen Gasbomben in die Fabriken. Es muß schlimmer sein als irgend etwas, was sie in Frankreich eingesetzt haben, nach dem, was die offiziellen Stellen sagen.«

»Die offiziellen Stellen? *Die* geben zu, daß um Midlingham herum Deutsche versteckt sind?«

»Nein. Sie sprechen von ›Explosionen‹. Aber wir wissen, daß es keine Explosionen sind. In den Midlands wissen wir, wie sich eine Explosion anhört und wie sie aussieht. Und wir wissen, daß die Leute, die bei diesen sogenannten Explosionen umkommen, in den Fabriken in die Särge genagelt werden. Ihre eigenen Verwandten dürfen sie nicht sehen.«

»Und du glaubst also an diese Theorie von den Deutschen?«

»Wenn ich's tue, dann deshalb, weil man an irgend etwas glauben muß. Manche sagen, sie hätten das Gas gesehen. Ich hab' gehört, daß ein Mann in Dunwich eines Nachts eine schwarze Wolke voll Feuerfunken über den Baumwipfeln am Dunwich Common hat schweben sehen.«

Das Licht eines unsagbaren Erstaunens trat in Lewis' Augen. Die Nacht, als Remnant ihn besucht hatte, das zitternde Vibrieren der Luft, der dunkle Baum, der nach Sonnenuntergang in seinem Garten gewachsen war, sein seltsames Laub von smaragdenem und rubinfarbenem Feuerbrand durchschossen, und wieder verschwunden war, als er von seinem Besuch in Garth zurückkehrte – und eine solche Laubkrone war als feurige Wolke weit weg im Herzen Englands erschienen! Was für ein unerträgliches Geheimnis, welches ungeheure Verhängnis kam darin zum Ausdruck? Doch eins war klar und gewiß: Der Schrecken von Meirion war auch der Schrecken der Midlands.

Lewis faßte den festen Entschluß, daß sein Schwager, wenn

irgend möglich, davon nichts erfahren sollte. Merritt war nach Porth gekommen, um dort Zuflucht vor den Schrecknissen von Midlingham zu suchen; wenn es anging, sollte ihm das Wissen erspart bleiben, daß die Wolke des Schreckens ihm vorausgezogen war und nun schwarz über dem Westen der Insel hing. Lewis reichte seinem Gast den Port und sagte beiläufig:

»Sehr seltsam. Ein schwarze Wolke voll Feuerfunken?«

»Ich kann's nicht bestätigen; es ist nur ein Gerücht.«

»Ganz recht; und du meinst, oder sagen wir: neigst zu der Meinung, daß dies und all das andere, was du mir erzählt hast, auf die versteckten Deutschen zurückgeht?«

»Wie ich sagte: weil man irgend etwas meinen muß.«

»Ich verstehe. Zweifellos – wenn es wahr ist, dann ist das der furchtbarste Schlag, der je in der Geschichte gegen eine Nation geführt wurde. Der Feind hätte sich in unseren Eingeweiden festgesetzt! Aber ist das denn wirklich möglich? Wie hätte so etwas zugehen sollen?«

Merritt erzählte Lewis, wie es hätte geschehen können, oder besser: wie die Leute sagten, daß es zugegangen sei. Man ging davon aus, sagte er, daß dies ein Teil, und zwar ein sehr wichtiger Teil, des großen deutschen Geheimplans zur Zerstörung Englands und des britischen Empire war.

Der Plan war schon vor Jahren ausgearbeitet worden, manche sagten, bald nach dem Französisch-Deutschen Krieg. Moltke hatte erkannt, daß eine Invasion Englands (im gewöhnlichen Sinne des Begriffs Invasion) sehr große Schwierigkeiten bereitete. Die Angelegenheit wurde in den inneren Zirkeln des Militärs und der hohen Politik ständig diskutiert, und die allgemeine Ansicht in diesen Kreisen ging dahin, daß die Invasion Englands Deutschland vor die ernstesten Probleme stellen würde und Frankreich in die Lage des *tertius gaudens* brächte. So standen die Dinge, als eine sehr hochgestellte preußische Persönlichkeit eine Nachricht von dem schwedischen Professor Huvelius erhielt.

Soweit Merritt. Und ich möchte hier kurz hinzufügen, daß

dieser Huvelius nach allem, was über ihn zu erfahren ist, ein außerordentlicher Mann war. Rein persönlich und von seinen Schriften abgesehen, war er anscheinend ein höchst liebenswerter Mensch. Er war wohlhabender als die meisten seiner Landsleute, sicherlich sehr viel wohlhabender als der Durchschnitt der schwedischen Universitätsprofessoren. Doch sein schäbiggrüner Frack und seine zerschlissene Pelzmütze waren in der Universitätsstadt, wo er lebte, allbekannt. Niemand lachte darüber, denn man wußte, daß Professor Huvelius jeden Pfennig seines Privatvermögens und einen großen Teil seines Gehalts wohltätigen Zwecken zuführte. Er lebte zurückgezogen in einem Dachstübchen, sagte einmal jemand, damit andere es sich in der Beletage wohl sein lassen konnten. Man erzählte sich von ihm, er habe sich einen Monat lang von trockenem Brot und Kaffee ernährt, damit ein armes Straßenmädchen, das an Schwindsucht starb, im Krankenhaus diesen und jenen Komfort genießen konnte.

Und dies war der Mann, welcher die Abhandlung *De Facinore Humano* verfaßte, um die grenzenlose Verderbtheit der menschlichen Rasse darzulegen.

Seltsamerweise schrieb Professor Huvelius dies zynischste Buch der Welt – Hobbes predigt, damit verglichen, rosarote Gefühlsduselei – aus den hochherzigsten Motiven. Er ging davon aus, daß ein sehr großer Teil des menschlichen Elends, Mißgeschicks und Unglücks auf dem verlogenen Gemeinplatz beruhte, daß das Menschenherz von Natur aus gut und freundlich sei, wenn auch nicht unbedingt gerecht im biblischen Sinne. »Mörder, Diebe, Räuber, Schänder und die ganze Rotte der Verabscheuungswürdigen«, schreibt er in einem Abschnitt, »werden durch die Maskerade menschlicher Tugend, an welche die törichte Leichtfertigkeit glaubt, erschafffen. Ein Löwe im Käfig ist ein wildes Tier – doch was wird er sein, wenn wir ihn zum Lamm erklären und die Türen seines Zwingers öffnen? Wer trägt die Schuld am Tod der Männer, Frauen und Kinder, die er gewiß verschlingen wird, wenn nicht jene, die den Käfig geöffnet haben?« Und er fährt fort, nachzuweisen, daß die Könige und Herrscher der Völker die Summe menschlichen Elends bedeutend verringern könnten, wenn sie sich die Doktrin der menschlichen Verderbtheit zu eigen machten. »Der Krieg«, erklärt er, »welcher eines der schlimmsten Übel ist, wird immer weiterexistieren. Ein weiser König aber wird sich einen kurzen Krieg anstelle eines langausgedehnten wünschen, ein kurzes Übel anstatt eines langen Übels. Und dies nicht aus der Güte seines Herzens den Feinden gegenüber, denn das Menschenherz ist, wie wir gesehen haben, naturgemäß boshaft, sondern weil er Eroberungen zu machen begehrt, und zwar auf leichte Art und Weise, ohne große Verluste an Soldaten und Mitteln, im Bewußtsein, daß sein Volk ihn lieben und seine Krone sicher sein wird, so ihm dies gelingt. Also wird er kurze siegreiche Kriege führen und nicht nur seine eigene Nation so weit wie möglich verschonen, sondern auch die Nation des Feindes, da in einem kurzen Krieg die Verluste auf beiden Seiten geringer sind als in einem langen Krieg. Und so wird aus Bösem Gutes kommen.«

Und wie, fragt Huvelius, sollen solche Kriege geführt werden? Der weise Fürst, antwortet er, wird mit der Annahme beginnen, daß der Feind unendlich bestechlich und unendlich dumm ist, da Bestechlichkeit und Dummheit die beiden Haupteigenschaften des Menschen sind. Also wird sich der Fürst Freunde in den höchsten Kreisen des feindlichen Machtapparates verschaffen und in der Bevölkerung ebenso, indem er die Reichen mit der Aussicht auf noch größeren Reichtum besticht und die Armen mit großen Worten gewinnt. »Denn im Gegensatz zur allgemeinen Ansicht, sind es die Reichen, die gierig sind nach Reichtum, während die Bevölkerung erobert werden kann, indem man zu ihr von der Freiheit redet, ihrem unbekannten Gott. So sehr sind die Massen von Worten wie Freiheit, Unabhängigkeit und dergleichen verzaubert, daß die Klugen zu den Armen gehen können, ihnen das Wenige rauben, was sie besitzen, sich mit einem Fußtritt verabschieden und doch ihre Herzen und

Stimmen auf ewig haben können, wenn sie ihnen nur versichern, daß die erlittene Behandlung den Namen Freiheit führt.«

Von solchen Prinzipien geleitet, sagt Huvelius, wird der weise Fürst sich in dem Lande, das er zu erobern wünscht, allerlei Positionen aufbauen; »ja, mit nur geringer Mühe mag er tatsächlich seine Garnisonen ins Herz des Feindeslandes werfen, ehe der Krieg begonnen hat«.

Dies ist eine lange und etwas ermüdende Parenthese, doch ist sie notwendig, um die lange Geschichte zu erklären, welche Merritt seinem Schwager erzählte – er selbst hatte sie von einem Industriemagnaten der Midlands, der Deutschland bereist hatte. Es ist wahrscheinlich, daß die ganze Geschichte ursprünglich auf den soeben zitierten Abschnitt bei Huvelius zurückgeht.

Merritt wußte nichts von dem wirklichen Huvelius, der nahezu wie ein Heiliger lebte; er hielt den schwedischen Professor für ein Monstrum an Perfidie. »Schlimmer noch«, sagte er, »als der Nitsch!« – womit er ohne Zweifel Nietzsche treffen wollte.

So erzählte er die Geschichte, wie Huvelius seinen Plan an die Deutschen verkaufte – einen Plan, um England mit deutschen Soldaten anzufüllen. Land sollte an bestimmten geeigneten und sorgfältig ausgewählten Orten erworben, Engländer wiederum sollten als die scheinbaren Besitzer dieser Grundstücke gedungen werden, und geheime Ausschachtungen waren vorzunehmen, bis das ganze Land buchstäblich unterminiert war. Ein unterirdisches Deutschland sozusagen sollte unter gewissen englischen Distrikten entstehen – es sollte große Höhlen geben, Untergrundstädte mit hervorragend funktionierender Kanalisation und Lüftung, mit eigener Wasserversorgung, und an diesen Plätzen sollten riesige Vorräte an Lebensmitteln und Munition aufgehäuft werden, Jahr um Jahr, bis »Der Tag« dämmerte. Und dann, rechtzeitig verständigt, würde die geheime Garnison Läden, Hotels, Büros, Villen verlassen und unter die Erde verschwinden, bereit, mit ihrer Arbeit zu beginnen und England seines Herzblutes zu berauben.

»Das hat Henson mir erzählt«, sagte Merritt am Ende seiner langen Geschichte. »Henson, vom Buckley-Syndikat, Eisen und Stahl. Er war viel in Deutschland.«

»Nun«, sagte Lewis, »so könnte es natürlich sein... Wenn es so ist, ist es unsagbar schrecklich.«

Tatsächlich schien ihm an der Geschichte etwas furchtbar Plausibles zu sein. Es war natürlich ein unerhörter Plan, eine noch nie verfolgte Strategie, doch möglich schien es. Es war das Trojanische Pferd in gigantischem Maßstab – wahrhaftig, dachte er, die Geschichte vom Pferd, in dem die Krieger verborgen waren und das die irregeleiteten Trojaner selbst ins Herz von Troja zogen, konnte man als prophetische Parabel dessen nehmen, was mit England geschehen war – falls Hensons Theorie zutraf. Und diese Theorie stimmte gewiß mit dem überein, was man von den deutschen Vorbereitungen in Belgien und Frankreich gehört hatte: Geschützstellungen, die für den Angreifer bereitstanden; deutsche Fabrikniederlassungen, die eigentlich deutsche Forts auf belgischem Boden waren; die für die Kanonen vorbereiteten Höhlen an der Aisne – tatsächlich glaubte Lewis, sich an Gerede über verdächtige betonierte Tennisplätze auf den Anhöhen, welche in beherrschender Position über London lagen, zu erinnern. Aber eine unter englischem Boden verborgene deutsche Armee! Es war ein Gedanke, der frösteln machte.

Und nach jenem Wunder des brennenden Baumes zu urteilen, schien es, als wäre der in Midlingham rätselhaft und schrecklich gegenwärtige Feind auch in Meirion gegenwärtig. Lewis dachte an die ihm wohlbekannte Landschaft mit ihren wilden, öden Berghängen, den tiefen Wäldern, ihren einsamen, unbetretenen Gegenden, und er mußte sich eingestehen, daß es kaum einen geeigneteren Ort für das tödliche Unternehmen mit den geheimen Truppen geben konnte. Und doch, dachte er weiter, hatte man in Meirion den englischen Armeen und ihren Rüstungsanstrengungen nur sehr geringen

Schaden zugefügt. Arbeiteten sie auf Entsetzen und Panik hin? Möglicherweise – doch das Lager unterhalb der Landstraße? Das hätte ihr erstes Ziel sein müssen, und es war dort kaum Schaden angerichtet worden.

Lewis wußte nicht, daß seit dem Pferdeausbruch Männer in diesem Lager auf grauenerregende Weise umgekommen waren; daß es nun ein schwerbefestigter Ort war, mit einem breiten, tiefen Graben, einem Dornendickicht aus Stacheldraht ringsum und einem Maschinengewehr an jeder Ecke.

VIII

Gesundheit und Stimmung von Mr. Merritt besserten sich rasch. Am Morgen der ersten zwei Tage während seines Aufenthaltes bei dem Doktor begnügte er sich mit einem höchst bequemen Liegestuhl in der Nähe des Hauses, wo er im Schatten eines alten Maulbeerbaumes neben seiner Frau saß und den hellen Sonnenschein auf dem grünen Rasen betrachtete, auf den Schaumkronen der Wellen, den Landzungen dieser herrlichen Küste, selbst aus der Ferne purpurn strahlend vom kaiserlichen Glanz des Heidekrauts, auf den weißen Bauernhäusern, die im Sonnenlicht leuchteten, hoch über der See, weit weg von aller Unruhe, allen Besorgnissen der Menschen.

Die Sonne war heiß, doch der Wind atmete die ganze Zeit sanft und unablässig von Osten, und Merritt, der nicht nur aus Überdruß an diesen stillen Ort geflohen war, sondern auch vor der stickigen, öligen Luft der verrauchten Stadt in den Midlands, sagte, der Ostwind, rein und klar und wie Quellwasser aus dem Felsen, sei wie neue Lebenskraft für ihn. Er aß am Ende seines ersten Tages in Porth ein mächtiges Abendessen und war zuversichtlich aufgelegt. Was ihr Gespräch vom Vorabend anging, so sagte er zu Lewis, es gebe da sicher irgendwelche komischen Geschichten, schlimme Geschichten möglicherweise, aber Kitchener würde das alles bald im Griff haben.

So ging es gut voran. Merritt fing an, durch den Garten zu schlendern, der voll war von den beschaulichen Stellen, Baumständen und Überraschungen, die nur die Gärten auf dem Lande kennen. Rechts von einer der Terrassenstufen fand er eine Laube, ein mit weißen Rosen überwachsenes Sommerhaus, und er war so zufrieden mit sich, als habe er den Nordpol entdeckt. Hier verbrachte er einen ganzen Tag, rauchend, müßig im Sessel liegend und irgendeinen törichten

Sensationsroman lesend, und er erklärte hinterher, die Rosen von Devonshire hätten ihm viele Jahre seines Lebens zurückgegeben. Dann lag auf der anderen Seite des Gartens ein Hain von Haselnußsträuchern, den er bei seinen früheren Besuchen nie erforscht hatte; auch hier gab es eine Entdeckung zu machen. Tief im Schatten der Haselbüsche lag ein aus Felsgestein hervortretender plätschernder Quell, umstanden von den verschiedensten taugrünen Farnen und mit einer Engelwurz daneben. Merritt kniete sich hin, schöpfte Wasser mit der hohlen Hand und trank aus der Quelle. Er sagte am Abend (beim Portwein), wenn alles Wasser wie das der Haselquelle wäre, dann würde sich die Welt zur Abstinenz bekehren. Es braucht einen Städter, um die vielfältigen und köstlichen Freuden des Landlebens zu würdigen.

Erst, als er sich auf weitere Gänge hinauswagte, empfand Merritt, daß etwas von dem großen alten Frieden fehlte, der immer auf Meirion geruht hatte. Er hatte einen Lieblingsweg, den er Jahr um Jahr regelmäßig gegangen war. Der führte die Klippen entlang Richtung Meiros, und dann konnte man sich landeinwärts wenden und auf tiefeingesunkenen Heckenwegen, die sich über den ganzen Hang des Allt hinzogen, nach Porth zurückkehren. Also machte sich Merritt eines Morgens zeitig auf, und er kam bis zu einem Wachtposten am Fuß des Weges, der zum Kliff hinaufführte. Eine Wache schritt vor dem Schilderhaus auf und ab; der Soldat rief Merritt zu, er solle seinen Passierschein zeigen oder auf die Hauptstraße zurückgehen. Merritt war stark irritiert und fragte den Doktor nach dieser strikten Bewachung. Und der Doktor war überrascht.

»Ich wußte nicht, daß sie da eine Sperre aufgebaut haben«, sagte er. »Es ist wohl nur klug. Wir sind hier zwar ganz weit im Westen, aber die Deutschen könnten doch in einem Umgehungsmanöver hier einfallen und großen Schaden anrichten, eben weil Meirion der letzte Ort ist, wo man ihren Angriff vermuten würde.«

»Aber es gibt doch sicher keine Befestigungsanlagen auf den Klippen, oder?«

»Aber nein; von so etwas hab' ich noch nie gehört.«

»Wo ist denn dann der Sinn, wenn man der Allgemeinheit verbietet, auf die Klippen hinaufzugehen? Ich kann gut verstehen, daß man einen Wachtposten oben hinstellt, damit er nach dem Feind Ausschau hält. Was ich nicht begreife, ist eine Wache drunten, die nach überhaupt nichts ausschauen kann, weil sie das Meer nicht sieht. Und warum können gewöhnliche Fußgänger nicht aufs Kliff? Ich kann ja wohl kaum eine deutsche Landung unterstützen, indem ich oben auf dem Pengareg stehe, selbst wenn ich's wollte.«

»Eigenartig«, pflichtete ihm der Doktor bei. »Irgendwelche militärischen Gründe, nehme ich an.«

Er ging nicht weiter darauf ein, vielleicht, weil ihm die Sache gleichgültig war. Leute, die das ganze Jahr hindurch auf dem Lande leben, und ganz gewiß Landärzte, neigen wenig zu müßigen Spaziergängen auf der Suche nach malerischen Orten.

Lewis ahnte nicht, daß Wachtposten, deren Zweck ebenso rätselhaft war, überall im Land standen. Es stand eine Wache am Steinbruch von Llanfihangel, beispielsweise, wo die tote Frau und das tote Schaf vor einigen Wochen gefunden worden waren. Der Weg den Steinbruch entlang wurde häufig benutzt, und es hätte die Leute in der Nachbarschaft stark behindert, wenn man ihn ganz geschlossen hätte. Doch die Wache hatte ihr Schilderhaus am Rand des Pfades und hatte Befehl, alle Vorübergehenden strikt auf dem Weg gehen zu lassen, als befände sich im Steinbruch drunten ein geheimes Fort.

Es wurde erst ein, zwei Monate später bekannt, daß einer der Wachtposten selbst Opfer des Schreckens geworden war. Den Männern, die hier Dienst taten, wurden bestimmte strenge Befehle erteilt, welche ihnen der Natur der Sache nach unvernünftig erscheinen mußten. Für alte Soldaten ist ein Befehl ein Befehl, aber hier handelte es sich um einen jungen Bankangestellten, der seit kaum ein paar Monaten in der Ausbildung war und noch nicht begriffen hatte, wie notwendig strikter und buchstäblicher Gehorsam auch gegenüber einem ihm sinnlos erscheinenden Befehl war. Er befand sich auf einem entlegenen, einsamen Hang, er hatte nicht die geringste Ahnung, daß jede seiner Bewegungen beobachtet wurde, und er mißachtete einen bestimmten Befehl, der ihm erteilt worden war. Die Ablösung fand den Posten verlassen; man entdeckte den Leichnam auf dem Grunde des Steinbruchs.

Dies nebenbei – doch Mr. Merritt stieß wieder und wieder bei seinen Gängen auf Dinge, die ihn in seinen Wanderungen behinderten. Zwei oder drei Meilen von Porth entfernt liegt das große Moor, das der Afonfluß bildet, ehe er ins Meer hinabfällt, und hier hatte sich Merritt immer ein wenig mit unsystematischem Botanisieren beschäftigt. Er war mit den festen Wegen, die durch das Meer von Sumpf und Schlick und weich nachgiebiger Erde führen, recht gut vertraut, und er brach an einem heißen Nachmittag auf, entschlossen, das Moor gründlich zu durchforschen und diesmal den seltenen Sumpfklee zu finden, der irgendwo, dessen war er sich gewiß, dort wachsen mußte.

Er bog auf die Nebenstraße ab, die an dem Moor entlangführt, und gelangte an das Zauntor, durch welches er das Gelände immer betreten hatte.

Die Landschaft lag da, wie er sie seit je gekannt hatte, der üppige Bewuchs aus Röhricht, Schilf und Binsen, die sanften schwarzen Rinder, die auf den Inseln festen Bodens grasten, die duftenden Prozessionen des Mädesüß, die königliche Pracht des Felberich, die flammenden Wimpel der großen Ampferstauden, scharlachrot und golden.

Aber man trug einen toten Mann durch das Zauntor.

Ein Arbeiter hielt das Tor zum Moor auf. Merritt sprach ihn entsetzt an und fragte ihn, wer das war und wie es geschehen konnte.

»Sie sagen, es war ein Feriengast aus Porth. Irgendwie ist er in dem Sumpf ertrunken. Wie auch immer.«

»Aber es ist doch ganz sicher. Ich bin schon ein Dutzend Mal über das ganze Moor gegangen!«

»Ja, wir haben's auch immer gedacht. Wenn man doch zufällig ausrutscht und ins Wasser fällt, ist es so tief auch wieder nicht, es wäre leicht, wieder herauszusteigen. Und der Herr hier war ganz jung, wenn man ihn anschaut, armer Mensch; ist zum Vergnügen in den Ferien nach Meirion gekommen, und hat hier den Tod gefunden!«

»Hat er es absichtlich getan? Ist es Selbstmord?«

»Sie sagen, dazu hat er keinen Grund gehabt.«

Hier schaltete sich der Polizeiwachtmeister ein, der den Bergungstrupp kommandierte, und folgte einer Anordnung, die er selbst nicht begriff.

»Eine furchtbare Sache, gewißlich, Sir, und traurig, traurig. Und ich bin sicher, daß Sie in diesem herrlichen Sommer nicht nach Meirion gekommen sind, um einen solchen Anblick zu sehen. Meinen Sie nicht auch, Sir, daß es Ihnen angenehmer wäre, wenn Sie dieses schlimme Geschäft nun uns überlassen würden? Ich habe viele Gentlemen sagen hören, die sich in Porth aufgehalten haben, daß es keine schönere Aussicht gibt als von dem Hügel dort drüben, nicht in ganz Wales.«

Alle sind sehr höflich in Meirion, aber irgendwie begriff Merritt, daß diese Ansprache, ins Englische übersetzt, »Weitergehen!« bedeutete.

Merritt ging nach Porth zurück – er war nicht in der Stimmung für irgendwelche Schlendergänge, nach einer so argen Begegnung mit dem Tod. Er erkundigte sich in der Stadt nach dem Toten, doch niemand schien etwas über ihn zu wissen. Es hieß, er sei in den Flitterwochen hier gewesen, er sei im Porth Castle Hotel abgestiegen – aber die Leute dort erklärten, sie hätten noch nie von einer solchen Person gehört. Merritt kaufte sich am Ende der Woche die Lokalzeitung; es stand kein Wort von einem tödlichen Unfall im Moor darin. Er traf den Wachtmeister auf der Straße. Der Beamte tippte mit größter Höflichkeit an den Helm und in der Hoffnung, »daß Sie es hier angenehm finden, Sir; Sie sehen auch wirklich schon viel besser aus«; aber was den armen Mann betraf, der ertrunken oder erstickt im Moor aufgefunden worden war, so wußte er von nichts.

Am nächsten Tag beschloß Merritt, zum Moor hinauszugehen, um nachzuschauen, ob sich nicht irgend etwas entdecken ließ, was einen so seltsamen Tod erklären könnte. Was er fand, war ein Mann mit einem Armband, der am Tor stand. Das Armband trug die Buchstaben C. W., was allgemein Coast Watcher bedeutet. Dieser Küstenwächter sagte, er hätte strenge Anweisungen, jedermann von dem Moor fernzuhalten. Warum? Er wußte es nicht, aber manche meinten, der Fluß verändere seit dem Bau des neuen Bahndamms seinen Lauf, und das Moor sei gefährlich für Leute geworden, die sich nicht ganz genau auskannten dort.

»Tatsache ist, Sir«, fügte er hinzu, »daß es zu meinen Anweisungen gehört, auch selbst den Fuß nicht durchs Tor zu setzen, keine Minute lang, nicht eine Sekunde.«

Merritt sah ungläubig über das Zauntor. Das Moor sah aus, wie es immer ausgesehen hatte; es gab reichlich festen, trockenen Grund, auf dem man gehen konnte! Er sah, daß der Pfad, dem er immer gefolgt war, verläßlich war wie eh und je. Er glaubte nicht an die Geschichte von dem Fluß, der seinen Lauf geändert hatte, und Lewis meinte, davon habe er nie etwas gehört. Aber Merritt hatte die Frage mitten in einer allgemeinen Unterhaltung gestellt, er hatte sie nicht mit einer Diskussion des Todesfalles im Moor eingeleitet, so daß der Doktor davon überrascht wurde. Hätte er von der Verbindung gewußt, die in Merritts Gedanken zwischen dem angeblich veränderten Lauf des Afon und dem tragischen Vorfall bestand, hätte er wohl zweifellos die offizielle Erklärung bestätigt. Er wollte vor allem seine Schwester und ihren Mann daran hindern, herauszufinden, daß die unsichtbare Schreckenshand, die in Midlingham das Szepter schwang, auch in Meirion regierte.

Lewis selbst hatte kaum Zweifel daran, daß der tot im Moor aufgefundene Mann von der geheimen Macht niedergestreckt worden war, was immer sie war – jener Macht, die schon soviel Unheil anzurichten gewußt hatte; aber es war ein wesentlicher Teil des Schreckens, daß niemand genau wußte, ob dieser oder jener besondere Vorfall ihr zuzuschreiben sei. Es fallen manchmal Leute von einer Steilklippe, durch eigene Unachtsamkeit – und wie der Fall des spanischen Matrosen Garcia beweist, werden die Bewohner abgelegener Häuser mit Frau und Kind gelegentlich die Opfer blutiger und sinnloser Gewalt. Lewis hatte selbst nie das Moor durchstreift, aber Remnant hatte sich dort oft umgetan und erklärte, der Mann, der dort seinen Tod fand – sein Name wurde nie bekannt, wenigstens nicht in Porth – müsse entweder Selbstmord begangen haben, indem er sich absichtlich in den Schlick gelegt hatte, bis er erstickt war, oder er müsse mit Gewalt hineingedrückt worden sein. Nähere Einzelheiten waren nicht zu erfahren, so daß es offensichtlich war, daß man von offizieller Seite diesen Tod zu den anderen Fällen rechnete; immerhin, der Mann mochte sich tatsächlich selber das Leben genommen haben oder mochte im Verlauf irgendeines plötzlichen Anfalls mit dem Gesicht nach unten in das schleimige Wasser gefallen sein. Und so weiter – es war durchaus möglich, daß Fall A *oder* B *oder* C in die Kategorie des gewöhnlichen Unfalls oder gewöhnlichen Verbrechens gehörte. Aber es ließ sich unmöglich annehmen, daß A *und* B *und* C alle in diese Kategorie gehörten. So blieb es bis zum Ende, und so ist es noch jetzt. Wir wissen, daß der Schrecken herrschte und wie er herrschte, doch sind seiner Herrschaft viele unheimliche Ereignisse zugeschrieben worden, deren Umstände immer im Zweifel bleiben müssen.

Zum Beispiel der Fall der *Mary Ann* – ein Ruderboot, das beinahe vor Merritts Augen auf so seltsame Weise unterging. Meiner Meinung nach befand er sich durchaus im Irrtum, als er das traurige Schicksal des Boots und seiner Besatzung mit einem System von Lichtsignalen in Verbindung bringen wollte, das er an dem Nachmittag, als die *Mary Ann* kenterte, entdeckt hatte oder entdeckt zu haben glaubte. Ich halte seine Signaltheorie für baren Unsinn, trotz der (seit einiger Zeit im Besitz der britischen Staatsbürgerschaft befindlichen) deutschen Gouvernante, die mit ihrer Herrschaft in dem von ihm verdächtigten Haus wohnte. Doch andererseits besteht für mich keinerlei Zweifel daran, daß das Boot gewaltsam versenkt und seine Insassen ertränkt wurden – als Werk des Schreckens.

IX

Man beachte, daß Merritt bis jetzt noch nicht den leisesten Verdacht hatte, daß der Schrecken von Midlingham in Meirion lebendig war. Lewis hatte ihn sorgsam behütet. Er hatte keinerlei Andeutungen über die beunruhigenden Ereignisse gemacht, und ehe er seinen Schwager in den Klub mitnahm, hatte er den Mitgliedern einen leisen Hinweis gegeben. Er erzählte da nicht die ganze Wahrheit über Midlingham – und hier ist es wiederum von Interesse, daß in dem Maße, in welchem sich der Schrecken ausbreitete, die Öffentlichkeit freiwillig und (man möchte beinahe sagen:) unbewußt mit den offiziellen Stellen kooperierte, indem jeder vor dem anderen verbarg, was er wußte – aber er teilte einen gemessenen Teil der Wahrheit mit: daß sein Schwager »nervös« sei, daß ihm sein Zustand gar nicht gefiele, und daß es insoweit wünschenswert wäre, wenn ihm die Kenntnis der unerträglichen, tragischen Rätsel erspart bliebe, die sich ringsum ereigneten.

»Er weiß das mit dem armen Kerl, der in dem Moor gefunden worden ist«, sagte Lewis, »und er hat so etwas wie einen vagen Verdacht, daß an dem Fall etwas Ungewöhnliches ist; aber mehr auch nicht.«

»Ein klarer Fall von suggeriertem oder vielmehr befohlenem Suizid«, sagte Remnant. »Ich betrachte das als wesentliche Bestätigung meiner Theorie.«

»Vielleicht, ja«, sagte der Doktor, der befürchtete, sich noch einmal alles über die Z-Strahlen anhören zu müssen. »Aber bitte sprechen Sie nicht mit ihm darüber; ich möchte, daß er wieder ganz gesund und munter nach Midlingham zurückfahren kann.«

Doch Merritt schwieg wie ein Grab über die Ereignisse in den Midlands, er haßte den bloßen Gedanken daran, und noch mehr wäre es ihm zuwider gewesen, davon zu reden – so wahrten er und die Männer im Porth Club ihre Geheimnisse voreinander, und auf solche Art wurden von Anbeginn des Schreckens bis zu seinem Ende die Glieder der Beweiskette nie ineinandergehakt. In vielen Fällen haben sich zweifellos A und B täglich getroffen und sich vertraut miteinander unterhalten, vielleicht sogar vertraulich über alle möglichen anderen Dinge, und jeder hatte eine Hälfte des Geheimnisses in seinem Besitz, die er vor dem anderen verbarg. So wurden die beiden Hälften nie zu einem Ganzen zusammengesetzt.

Merritt hatte, wie der Doktor erriet, eine Art ungutes Gefühl – man konnte es kaum einen Verdacht nennen –, was den Todesfall im Moor betraf; hauptsächlich, weil er das offizielle Gerede vom Bahndamm und dem geänderten Flußlauf für Nonsens hielt. Doch als er sah, daß nichts weiter geschah, gab er das ganze Problem ungelöst auf und konzentrierte sich darauf, seinen Urlaub zu genießen.

Er stellte zu seiner Freude fest, daß es keine Posten oder Wächter gab, die ihn daran hinderten, die Larnac-Bucht zu betreten, einen reizvollen Ort, wo die Eschen, die grüne Wiese und das schimmernde Heidekraut sanft zu den rötlichen Felsen und zu dem gelben Sandstrand abfielen. Merritt erinnerte sich an einen Felsblock, der einen bequemen Sitzplatz bildete, und hierher kam er an einem goldenen Nachmittag und betrachtete das Meeresblau und die roten Bastionen und Buchten der Küste, die sich Richtung Sarnau landeinwärts krümmte, um dann nach Süden wieder zu dem seltsam geformten Kap hinauszuragen, das Dragon's Head genannt wurde. Merritt schaute und schaute, amüsiert von den Possen der Tümmler, die ein Stück weit draußen sprangen und spielten, entzückt von der reinen, leuchtenden Luft, die so anders war als der rußige Qualm, der in Midlingham oft den Himmel ersetzte, und entzückt auch von den weißen Bauernhäusern, die hier und dort winzig auf den Höhen der sich dahinschwingenden Küste standen.

Dann bemerkte er ein kleines Ruderboot, etwa zweihundert Yards vom Ufer. Es waren zwei oder drei Personen an Bord, er konnte nicht genau erkennen, wie viele, und sie schienen mit einer Schnur zu hantieren – zweifellos angelten sie, und Merritt (der Fisch nicht schätzte) fragte sich, wie man sich einen solchen Nachmittag, eine solche See, solch durchsichtige und strahlende Luft verderben konnte, indem man versuchte, weiße, schlaffe, widerliche, übelriechende Kreaturen zu fangen, die überaus abstoßend schmeckten, wenn man sie kochte. Er mühte sich mit dieser Frage und ließ schließlich von ihr ab, indem er sich in den Anblick der roten Steilküsten versenkte. Und dann, sagt er, bemerkte er, daß irgendwelche Signale gegeben wurden. Lichtblitze von blendender Helle, wie er erklärt, kamen von einem der Gehöfte hoch an der Küste; es war, als spiee das Haus weißes Feuer. Als das Licht wieder und wieder erschien und verschwand, war Merritt sicher, daß irgendeine Botschaft übertragen wurde, und er bedauerte, nichts über Heliographie zu wissen. Drei kurze Blitze, ein langes und sehr gleißendes Aufblinken, dann zwei kurze Blitze. Merritt tastete hastig in seinen Taschen nach Papier und Bleistift, und als sein Blick sich dabei zum Meeresspiegel senkte, wurde ihm zu seinem Erstaunen und Entsetzen bewußt, daß das Boot verschwunden war. Er konnte nur noch weit im Westen ein unklares dunkles Objekt erkennen, das mit der Ebbe hinausgetragen wurde.

Nun steht es leider fest, daß die *Mary Ann* in der Tat kenterte, und daß die beiden Schuljungen sowie der Seemann, der das Boot führte, ertranken. Das Bootsgerippe fand man weit die Küste hinab in den Felsen, und die drei Leichen wurden ebenfalls an Land gespült. Der Seemann konnte überhaupt nicht schwimmen, die beiden Schüler nur ein wenig, und es braucht einen ungewöhnlich guten Schwimmer, um gegen den Sog der Ebbe anzukämpfen, wenn sie an Pengareg Point vorbeizieht.

Aber ich glaube nicht im geringsten an Merritts Theorie. Er meinte (und meint es, soweit ich es sagen kann, vielleicht immer noch), daß die Lichtblitze, die er von Penyrhaul, dem Küstengehöft, herkommen sah, irgendeine Verbindung mit der Katastrophe der *Mary Ann* hatten. Als man feststellte, daß eine Familie dort den Sommer verbrachte und daß die Gouvernante eine Deutsche war (wenn auch schon längst der englischen Staatsbürgerschaft teilhaftig), war der Fall für Merritt klar, und es wollte ihm nicht einleuchten, daß es hier noch irgend etwas zu diskutieren gab, mochten auch noch viele Einzelheiten offen bleiben. Meiner Meinung nach war aber all das nur ein dummer Zufall – die grellen Lichtblitze waren zweifellos von der Sonne hervorgerufen worden, die sich in den Fenstern des Bauernhauses spiegelte.

Trotzdem war Merritt sogleich von seiner Theorie überzeugt, sogar noch ehe das entscheidende Belastungsmoment der deutschen Gouvernante bekanntgeworden war; und am Abend des Unglücks, als Lewis und er nach dem Essen beisammen saßen, versuchte er dem Doktor das darzulegen, was er in dieser Sache als den Standpunkt des gesunden Menschenverstandes bezeichnete.

»Wenn man einen Schuß hört«, sagte Merritt, »und einen Mann fallen sieht, dann weiß man ziemlich genau, was ihn getötet hat.«

Ein wildes Flügelflattern ging durch den Raum. Ein großer Nachtfalter flog her und hin und schlug blindlings gegen die Zimmerdecke, die Wände, das Glas des Bücherschranks. Dann ein zischendes Geräusch, ein kurzes Schwächerwerden des Lampenlichtes. Die Motte war ans Ziel ihrer geheimnisvollen Suche gelangt.

»Kannst du mir sagen«, sagte Lewis wie als Antwort zu Merritt, »warum Motten in die Flamme fliegen?«

Lewis hatte seine Frage bezüglich der seltsamen Gewohnheiten des gewöhnlichen Nachtfalters an Merritt gerichtet, um so die Debatte über den Tod per Heliographen möglichst schnell abzubrechen. Der Zwischenfall mit der Motte in der Lampe hatte natürlich die Frage nahegelegt, und Lewis dachte sich, daß er auf recht elegante Weise »Ach, laß gut sein!« gesagt hatte. Und tatsächlich wahrte Merritt würdevolles Schweigen und schenkte sich noch ein Glas Port ein.

Dies war es, was der Doktor sich gewünscht hatte. Es bestand für ihn gar kein Zweifel, daß die Affäre der *Mary Ann* nur ein weiterer Vorfall in der langen Schreckensliste war, die beinahe jeden Tag länger wurde; und er hatte keine Lust, sich wilde und törichte Theorien über die Art und Weise, wie die Katastrophe stattgefunden hatte, anzuhören. Hier war der Beweis, daß der Schrecken nicht nur zu Lande drohende Macht besaß, sondern auch auf dem Wasser – denn es schien Lewis ausgeschlossen, daß das Boot mit irgendeiner üblichen Waffe angegriffen worden war. Nach Merritts Erzählung mußte es sich in flachem Wasser befunden haben. Der Strand in der Larnac-Bucht fällt sehr sanft ins Meer ab, und die Seekarten der Admiralität zeigen, daß die Wassertiefe zweihundert Yards vom Ufer entfernt immer noch lediglich zwei Faden beträgt; das wäre für ein U-Boot zu seicht. Und das Boot konnte nicht beschossen oder von einem Torpedo getroffen worden sein – es hatte keine Explosion gegeben. Das Unglück hätte vielleicht durch Unachtsamkeit geschehen können – Jungen, überlegte er, albern überall herum, selbst in einem Boot; aber das glaubte er nicht; der Seemann hätte es verhindert. Und übrigens waren die beiden Jungen tatsächlich sehr vernünftige, verläßliche junge Burschen, von denen man keineswegs erwarten würde, daß sie irgendwelche dummen Streiche aufführten.

Lewis war, nachdem er seinen Schwager erfolgreich zum Schweigen gebracht hatte, in diese Überlegungen versunken; er versuchte vergeblich, einen Schlüssel zu dem traurigen Rätsel zu finden. Die in Midlingham entstandene Theorie von einer verborgenen deutschen Truppe, die sich an unterirdischen Orten versteckte, war bizarr genug, und doch schien sie die einzige Lösung, die wenigstens eine gewisse Plausibilität für sich hatte; aber auch die Gegenwart einer unterirdischen deutschen Armee konnte kaum das Kentern eines Bootes erklären, das auf ruhiger See schwamm. Und was war mit dem Baum, in dem es brannte, dem Baum, der hier im Garten vor einigen Wochen erschienen war, und mit der feurigen Wolke, die sich über den Bäumen eines Dorfs in den Midlands gezeigt hatte?

Ich habe wohl schon etwas über die vermutlichen Gefühle eines Mathematikers geschrieben, der plötzlich vor einem nicht zu bezweifelnden zweiseitigen Dreieck steht. Ich sagte, wenn ich mich recht erinnere, daß er anständigerweise verrückt werden müsse, und ich glaube, Lewis stand kurz vor diesem Punkt. Er sah sich mit einem unerträglichen Problem konfrontiert, das auf der Stelle nach einer Lösung verlangte, und doch – im selben Atemzug sozusagen – wurde ihm jegliche Möglichkeit einer Lösung verweigert. Die Leute wurden auf undurchsichtige Weise mit undurchsichtigen Mitteln getötet, Tag um Tag, und man fragte sich: warum? und: wie? Und es gab keine Antwort. In den Midlands, wo alle möglichen Rüstungsgüter hergestellt wurden, war die Erklärung mit den deutschen Agenten einleuchtend – und selbst wenn man die Sache mit den unterirdischen Verstecken ablehnte, weil das zu sehr nach Märchen oder besser nach Sensationsroman klang, war es doch immerhin möglich, daß die Theorie im Kern zutreffend war – die Deutschen konnten ihre Agenten auf die eine oder andere Weise in die Fabriken selbst eingeschleust haben. Aber hier in Meirion – was für eine ernsthafte Wirkung sollte denn das beiläufige, wahllose Hinmorden von ein paar Schuljungen in einem Boot, von einem harmlosen Feriengast im Moor haben? Das Entstehen einer Atmosphäre von Angst und Hilflosigkeit? Möglich, schon, aber es schien doch kaum glaubhaft, trotz solcher Ungeheuerlichkeiten wie der Zerstörung von Löwen und der Versenkung der *Lusitania*.

Diese Gedanken und das immer noch würdevolle Schweigen von Merritt wurden durch ein Pochen an der Tür unterbrochen und durch die Worte von Lewis' Aufwärter (dem Satz, welcher die Muße jedes Landarztes – soweit sie ihm überhaupt gewährt ist – zerstört); »Bitte, Sir. Sie werden im Sprechzimmer verlangt.« Lewis eilte hinaus und erschien an diesem Abend nicht mehr.

Der Doktor war in einen Weiler am Rande von Porth gerufen worden, eine halbe oder Dreiviertelmeile vor der Stadt. Tatsächlich tut man dieser namenlosen Siedlung viel Ehre an, wenn man sie als Weiler bezeichnet; es war lediglich eine Reihe von vier kleinen Häusern, vor etwa einem Jahrhundert zur Unterbringung der Arbeiter eines schon längst aufgelassenen Steinbruchs errichtet. In einem dieser Häuschen fand der Arzt ein weinendes Elternpaar, das ihn auf Walisisch als »*Doctor bach*« anflehte, zwei verängstigte Kinder und einen kleinen Körper, reglos und tot. Es war das jüngste von den dreien, der kleine Johnnie, und er lebte nicht mehr.

Der Doktor stellte fest, daß das Kind erstickt war. Er befühlte die Kleider – sie waren trocken, es lag kein Fall von Ertrinken vor. Er betrachtete den Hals; Strangulationsmale waren nicht zu sehen. Er fragte den Vater, wie es geschehen sei, und Vater und Mutter erklärten unter kläglichstem Weinen, daß sie nicht wüßten, wie ihr Kind zu Tode gekommen sei, »wenn es nicht die Anderen getan haben«. Die keltischen Elfen sind noch immer gegenwärtig und böse. Lewis fragte, was sich an diesem Abend ereignet habe – wo war das Kind gewesen?

»War er mit Bruder und Schwester zusammen? Wissen die irgend etwas darüber?«

Dies war die Geschichte, die man dem Doktor erzählte, aus dem ursprünglichen mitleiderregenden Durcheinander in eine gewisse Ordnung gebracht:

Alle drei Kinder waren den Tag über gesund und fröhlich gewesen. Sie waren am Nachmittag mit der Mutter, Mrs. Roberts, zusammen nach Porth zu Markte gegangen; sie waren nach Hause zurückgekehrt, hatten ihren Nachmittagstee bekommen und später auf der Straße vor dem Haus gespielt. John Roberts war einigermaßen spät von der Arbeit nach Hause gekommen, und es war schon nach Einbruch der Dunkelheit, als die Familie sich zum Essen setzte. Nach der Abendmahlzeit gingen die Kinder wieder nach draußen, um mit den anderen Kindern von nebenan zu spielen, und Mrs.

Roberts sagte ihnen, sie dürften noch eine halbe Stunde aufbleiben, ehe sie ins Bett müßten.

Die beiden Mütter traten im selben Augenblick an die Türe und riefen den Kindern, sie sollten jetzt kommen und sich sputen. Die Kinder beider Familien hatten auf dem Wiesenstreifen jenseits der Straße gespielt, gleich beim Zauntritt, der in die Felder führte. Die Kinder kamen über die Straße gerannt; alle, außer Johnnie Roberts. Sein Bruder Willie sagte, eben, als die Mutter nach ihnen rief, hätte er Johnnie laut sagen hören:

»Oh, was ist denn das schöne leuchtende Ding hinter dem Zaun?«

X

Die kleinen Roberts rannten über die Straße, den Weg entlang und in die erleuchtete Stube. Dann bemerkten sie, daß Johnnie ihnen nicht gefolgt war. Mrs. Roberts war in der Spülküche hinten mit etwas beschäftigt, und Mr. Roberts war zum Schuppen hinausgegangen, um ein paar Scheite für das Feuer am nächsten Morgen zu holen. Mrs. Roberts hörte die Kinder ins Haus rennen und setzte ihre Arbeit fort. Die Kinder flüsterten einander zu, daß Johnnie sich eine fangen würde, wenn seine Mutter in die Stube käme und sehen würde, daß er nicht da war; aber sie dachten, er würde jeden Moment durch die Tür gelaufen kommen. Doch es vergingen sechs, sieben, vielleicht zehn Minuten, und kein Johnnie kam. Dann traten Vater und Mutter miteinander in die Wohnküche und sahen, daß ihr kleiner Junge nicht da war. Sie dachten, es sei ein Kinderstreich – die anderen beiden hätten den Jungen irgendwo versteckt, im großen Schrank vielleicht.

»Was habt ihr denn angestellt mit ihm?« sagte Mrs. Roberts. »Los, du kleiner Ungut, komm jetzt sofort heraus.«

Es gab keinen kleinen Ungut, der hätte herauskommen können, und Margaret Roberts, das Mädchen, sagte, Johnnie sei nicht mit ihnen über die Straße gekommen, er müsse noch ganz allein an der Hecke drüben spielen.

»Warum habt ihr ihn denn dortgelassen?« fragte Mrs. Roberts. »Kann ich mich denn nicht zwei Minuten lang auf euch verlassen? Man sollt's nicht für möglich halten.« Sie ging an die offene Tür:

»Johnnie! Komm sofort herein, oder es wird dir leid tun. Johnnie!«

Die arme Frau stand rufend an der Tür. Sie ging zum Tor und rief von dort:

»Komm her, kleiner Johnnie. Komm, *bachgen*, sei ein lieber Junge. Ich kann sehen, wo du dich versteckst!«

Sie dachte, er hätte sich im Schatten der Hecke versteckt und würde nun lachend hervorgerannt kommen – »er war immer so ein fröhlicher kleiner Kerl« – und zu ihr über die Straße laufen. Aber keine lachende kleine Gestalt kam aus dem Düster der stillen, dunklen Nacht angesprungen, es blieb alles still.

Da, als es der Mutter kalt ums Herz zu werden begann – wenn sie auch immer noch mit lustiger Stimme nach dem verschwundenen Kind rief –, erzählte der ältere Junge, wie Johnnie gesagt habe, daß da etwas Schönes am Zaun sei, »und vielleicht ist er über den Tritt gestiegen und läuft jetzt durch die Wiese und findet nicht zurück.«

Der Vater holte nun seine Laterne, und die ganze Familie ging mit lautem Rufen durch die Wiese und versprach dem armen Johnnie Kuchen und Zuckerzeug und ein schönes Spielzeug, wenn er jetzt käme.

Sie fanden den kleinen Körper unter den Eschen in der Mitte der Wiese. Er war ganz reglos und still, so still, daß ein großer Nachtfalter sich auf seiner Stirn niedergelassen hatte, der fortflatterte, als sie ihn aufhoben.

Dr. Lewis hörte sich die Geschichte an. Es gab nichts mehr zu tun, und es gab nur wenig, was er diesen unglücklichen Leuten sagen konnte.

»Gebt auf die zwei acht, die euch geblieben sind«, sagte er, als er aufbrach. »Laßt sie nicht aus den Augen, wenn es irgend geht. Es sind furchtbare Zeiten, in denen wir leben.«

Es ist seltsam zu berichten, daß all diese furchtbaren Zeiten hindurch die schlichte kleine Saison in Porth ihren gewohnten Gang nahm. Der Krieg mit seinen Folgen hatte die Anzahl der Sommergäste ein wenig verringert, doch immer noch belegte eine recht ansehnliche Anzahl von ihnen die Hotels und Pensionen, badete an dem einen Strand von den altmodischen Strandkarren aus oder zog sich am anderen in den neumodischen Badezelten um, schlenderte in der Sonne umher und lag in den Schatten der Bäume gestreckt, die fast bis zum Ufer hinunter wachsen. Porth hat nie Nigger Minstrels oder irgendwelche Shows an seinen Stränden geduldet, aber die »Rockets« hatten großen Erfolg mit ihrer Veranstaltung im alten Schloßpark, und die Wanderbühnen, die im Gemeindesaal auftraten, sollen alle, bis zum letzten Herrn und zur letzten Dame, ihre Rechnungen bezahlt haben.

Porth hängt stark von den Besuchern aus dem Norden und den Midlands ab – wohlhabenden, gutsituierten Besuchern. Leute, die Llandudno für überfüllt halten und Colwyn Bay für allzu neu und grob und ungehobelt, kommen Jahr um Jahr in die ruhige alte Stadt im Südwesten und genießen ihren Frieden – und, wie gesagt, sie fühlten sich dort im Sommer 1915 ebenso wohl wie immer. Gelegentlich wurde ihnen bewußt – wie Mr. Merritt –, daß sie nicht ganz so wie früher umherstreifen konnten, doch sie nahmen die Posten und Küstenwächter und die Leute, die sie höflich darauf hinwiesen, daß man eine Aussicht noch vorteilhafter von einem anderen Punkt aus als von gerade diesem genießen könnte, als unumgängliche Begleiterscheinungen des schlimmen Krieges hin, der nun einmal geführt wurde – mehr noch, wie ein Gast aus Manchester sagte, als man ihm seinen Lieblingsspaziergang nach Castell Coch verwehrt hatte: es war dankenswert, daß man sich so um sie kümmerte.

»Soweit ich sehe«, sagte er, »gibt es gar nichts, was ein Unterseeboot daran hindern könnte, da draußen bei Ynys Sant aufzutauchen und ein halbes Dutzend Männer in einem Schlauchboot in irgendeiner von den kleinen Buchten an Land gehen zu lassen. Und da würden wir ja ziemlich blöd aussehen, was? Wenn wir mit durchgeschnittener Kehle am Strand liegen würden oder im U-Boot nach Deutschland entführt!« Er zog eine Halfcrown für den Küstenwächter aus der Tasche.

»Nur weiter so, mein Junge«, sagte er. »Paß gut auf uns auf.«

Eigenartig. Der Gast aus dem Norden machte sich seine Gedanken über tückische Unterseeboote und deutsche Kommandos; der Wächter hatte lediglich seine Instruktionen, die

Leute von den Wiesen bei Castell Coch fernzuhalten, ohne Angabe eines Grundes. Und es kann kein Zweifel bestehen, daß man seitens der offiziellen Stellen zwar diese Wiesen als »Schreckenszone« markierte, die Befehle jedoch in vollständiger Unkenntnis darüber gab, was es mit den Morden dort auf sich hatte. Denn hätten sie etwas gewußt, so wäre ihnen unmittelbar klar geworden, daß die Anweisungen sinnlos waren.

Dem Herrn aus Manchester wurde der Weg etwa zehn Tage nach Johnnie Roberts' Tod versperrt. Der Wächter war abgeordnet worden, weil in der Nacht zuvor ein junger Farmer von seiner Frau im Gras in der Nähe von Castell Coch gefunden worden war – er lag ohne Verletzung da, ohne irgendein Anzeichen von Gewalt, doch kalt und tot.

Die Ehefrau des toten Joseph Cradock, die ihren Mann regungslos auf der betauten Wiese fand, ging blaß und verstört den Weg ins Dorf hinauf und holte zwei Männer, die den Leichnam zur Farm trugen. Man schickte nach Lewis, und der sah sogleich, daß der Mann ebenso gestorben war wie der kleine Roberts – auf welche unausdenkliche Art dies auch gewesen sein mochte. Cradock war erstickt; und wiederum waren keine Würgmale an der Kehle zu erkennen. Es hätte ein Stück Arbeit der Herren Burke und Hare sein können, dachte der Doktor – als ob jemand dem Mann ein Heftpflaster über Nase und Mund gedrückt und es dort festgehalten hätte.

Dann kam ihm ein Gedanke; sein Schwager hatte von einer neuen Art Giftgas erzählt, die angeblich gegen die Rüstungsarbeiter in den Midlands eingesetzt worden war: war es möglich, daß der Tod des Mannes und der des kleinen Knaben auf eine solche Einwirkung zurückzuführen waren? Er führte seine Tests durch, konnte aber keine Spur irgendeines Gases finden. Kohlendioxyd? Damit konnte man im Freien niemanden umbringen, es brauchte einen geschlossenen Raum für seine tödliche Wirkung oder den Boden eines großen Kessels oder eines Brunnens.

Er wußte nicht, wie Cradock umgekommen war, er gestand es sich ein. Der Mann war erstickt worden, das war alles, was er sagen konnte.

Es schien, daß er gegen halb zehn hinausgegangen war, um nach ein paar Kühen zu sehen. Die Wiese, wo diese standen, lag etwa fünf Minuten vom Haus entfernt. Er sagte seiner Frau, er wäre in einer Viertelstunde oder zwanzig Minuten wieder da. Er kam nicht zurück, und als eine Dreiviertelstunde vergangen war, ging Mrs. Cradock, um nach ihm zu sehen. Sie betrat die Wiese, wo die Tiere waren, und es schien alles in Ordnung zu sein, doch von Cradock war keine Spur zu finden. Sie rief laut nach ihm; es kam keine Antwort.

Die Wiese, wo das Vieh seine Weide hatte, lag ziemlich hoch; eine Hecke trennte sie von den Wiesenstücken, die sanft zur Burg und zum Meer abfielen. Mrs. Cradock konnte kaum richtig sagen, weshalb sie sich, nachdem sie ihren Mann nicht bei seinen Tieren gefunden hatte, dem Weg zuwandte, der nach Castell Coch führte. Sie meinte, zuerst habe sie gedacht, einer der Ochsen sei vielleicht durch die Hecke gebrochen und davongelaufen, und Cradock sei ihm gefolgt. Und dann berichtigte sie sich selbst und sagte:

»Da war das – und dann war noch etwas anderes, was ich gar nicht begreifen konnte. Es schien mir, als würde die Hecke anders aussehen als sonst. Gewiß, die Dinge sehen bei Nacht anders aus, und es war ein wenig Nebel vom Meer, aber irgendwie sah es mir seltsam aus, und ich sagte bei mir: Hast du dich denn verlaufen?«

Sie erklärte, daß sich die Form der Sträucher in der Hecke verändert hatte, und außerdem sah sie aus, »als wäre sie irgendwie beleuchtet«, und so ging die Frau in die Richtung des Zauntritts, um nachzusehen, was das denn sein könnte, doch als sie näherkam, war alles wie gewohnt. Sie sah über den Tritt und rief und hoffte, ihren Mann auf sich zukommen zu sehen oder seine Stimme zu hören; doch es kam keine Antwort, und als sie den Weg hinunter schaute, sah sie – oder glaubte zu sehen –, wie auf dem Boden eine Art Helle lag,

»eine Art schwaches Licht wie eine Menge Glühwürmchen in einer Hecke.

Und so stieg ich über den Tritt und ging den Weg hinunter, und das Licht schien fortzuschmelzen; und da lag mein armer Mann auf dem Rücken und sprach kein einziges Wort zu mir, als ich zu ihm redete und ihn berührte.«

So wurde für Lewis der Schrecken immer schwärzer und gespenstischer, wurde unerträglich, und andere empfanden es, wie er merkte, ebenso. Er wußte nicht und fragte auch nie, ob die Männer im Klub vom Tod des Kindes und des jungen Farmers gehört hatten; aber niemand sprach darüber. Tatsächlich war die Veränderung auffallend: zu Beginn der Ereignisse sprachen die Leute von nichts anderem; nun war das alles zu furchtbar für kluges Gerede oder mühselig gebildete, groteske Theorien. Und Lewis hatte einen Brief von seinem Schwager in Midlingham bekommen; dieser enthielt den Satz: »Ich fürchte, Fannys Gesundheit hat sich durch den Besuch in Porth nicht wesentlich gebessert; es gibt immer noch einige Symptome, die mir gar nicht gefallen.« Dies teilte ihm – in Worten, auf die er und Merritt sich geeinigt hatten – mit, daß der Schrecken immer noch in der Stadt regierte.

Bald nach dem Tod Cradocks begannen die Leute, sich seltsame Geschichten von einem Geräusch zu erzählen, das man nachts in den Hügeln und Tälern nördlich von Porth hören konnte. Ein Mann, der den letzten Zug in Meiros verpaßt hatte und gezwungen war, die zehn Meilen zwischen Meiros und Porth zu Fuß zu gehen, war anscheinend der erste, der es hörte. Er sagte, er hätte den Gipfel des Hügels bei Tredonoc irgendwann zwischen halb elf und elf erreicht, als ihm zuerst ein seltsamer Laut auffiel, den er überhaupt nicht einordnen konnte – es war wie ein Ruf, ein langgezogenes spukhaftes Heulen, das aus großer Ferne kam, schwach herüberdringend. Er hielt an, um zu lauschen, und dachte zuerst, es könnten Eulen sein, die in den Wäldern schrien – aber es war anders, sagte er: es war ein langanhaltender Ruf, und dann war

Stille, und dann fing es wieder an. Er konnte sich keinen Vers darauf machen, und da er langsam Angst bekam – er wußte nicht, wovor – schritt er rasch aus und war froh, als er die Lichter vom Bahnhof in Porth sah.

Er erzählte seiner Frau von dem unheimlichen Laut in dieser Nacht, und sie erzählte es den Nachbarn, und die meisten dachten, es sei alles Einbildung oder Alkohol oder am Ende eben doch das Rufen der Eulen. Aber in der nächsten Nacht hörten zwei oder drei Leute, die von einem kleinen Fest in einem Haus gleich an der Straße nach Meiros kamen, auf dem Heimweg denselben Laut, kurz nach zehn. Auch sie beschrieben ihn als einen langgezogenen heulenden Schrei, unbeschreiblich trostlos in der Stille der Herbstnacht; »wie das Gespenst einer Stimme«, sagte einer; »als käme es aus der Tiefe der Erde«, sagte ein anderer.

XI

Ich muß immer und immer wieder daran erinnern, daß es die ganze Zeit, während der Schrecken andauerte, keinen Informationsaustausch über die furchtbaren Vorfälle gab. Die Presse hatte kein einziges Wort verlauten lassen, und es gab keine Anhaltspunkte, nach welchen sich die Menge hätte richten können, um Tatsachen von bloßen vagen Gerüchten zu unterscheiden – keine Kriterien, die es erlaubt hätten, gewöhnliche Mißgeschicke und Unglücksfälle von den Taten jener geheimen, unheimlichen Macht zu trennen, welche am Werk war.

Und so war es mit jedem Ereignis der verstreichenden Tage. Ein harmloser Handelsvertreter mochte im Verlauf seiner geschäftlichen Erledigungen in der baufälligen Hauptstraße von Meiros auftauchen und wurde sogleich mit ängstlichen und mißtrauischen Blicken als möglicher Mordbube betrachtet, während die wahren Agenten des Terrors sehr wahrscheinlich völlig unbemerkt blieben. Und da die wahre Natur des ganzen Todesgeheimnisses unbekannt blieb, folgte daraus, daß seine Zeichen, Warnungen, Omina um so unbegriffener blieben. Hier war Entsetzen und dort, aber es gab keine Verbindungsmöglichkeit, keinen gemeinsamen Wissensstand, der es erlaubt hätte, eine Verbindung zwischen diesem und jenem Entsetzen herzustellen.

So gab es niemanden, der auch nur den entferntesten Verdacht schöpfte, daß jener trostlose, hohle Laut, den man nächtens in der Gegend nördlich von Porth hörte, irgend etwas mit dem Fall des kleinen Mädchens zu tun hatte, das eines Nachmittags ausging, um purpurrote Blumen zu pflücken, und nicht mehr wiederkam, oder mit dem Fall eines Mannes, dessen Leichnam aus dem Torfschleim des Moors gezogen wurde, oder dem Fall Cradock – dem Fall des Mannes, der tot in den Wiesen lag, ein seltsam glitzerndes Leuchten um sich, wie seine Frau berichtete. Und es ist die Frage, wie weit das Gerücht von diesem melancholischen nächtlichen Ruf sich überhaupt verbreitete. Lewis hörte davon, wie ein Landarzt von fast allem hört, wenn er auf den Feldwegen unterwegs ist, aber er hörte es ohne besonderes Interesse und ohne einen Argwohn, daß dies in irgendeiner Beziehung zu dem Schrekken stehen könnte. Remnant hatte die Geschichte von der hohlen, hallenden Stimme der Dunkelheit in stark gefärbter, pittoresker Form erzählt bekommen; er hatte einen Mann aus Tredonoc angestellt, der einmal die Woche nach dem Garten sah. Der Gärtner hatte den Ruf nicht selbst vernommen, aber er kannte einen Mann, der ihn gehört hatte.

»Thomas Jenkins aus Pentoppin, der hat letzte Nacht den Kopf hinausgestreckt, wie das Wetter wohl ist, weil er am nächsten Tag ein Kornfeld schneiden wollte, und er hat mir gesagt, als er noch bei den Methodisten in Cardigan war, da hat er nie in der Kirche einen so ausdrucksvollen Gesang gehört. Er hat ganz fest behauptet, es wär' wie ein Klagegeheul vom Jüngsten Tag.«

Remnant überlegte sich die Sache und neigte zu der Vermutung, daß das Geräusch von einem unterirdischen Abfluß des Meeres stammte; es könnte, nahm er an, einen halb offenen, zerklüfteten Schacht dort hinab geben, der in den Wäldern um Tredonoc seinen Anfang hatte, und das Geräusch der unten eindringenden Flut könnte durchaus die Wirkung eines hohlen Heulens in der Ferne erzeugen. Doch weder Remnant noch sonst jemand schenkten der Sache besondere Beachtung; die wenigen ausgenommen, die den Ruf mitten in der Nacht hörten, wenn er entsetzlich über die schwarzen Hügel hallte.

Man hatte den Laut während dreier oder vier Nächte gehört, als die Leute, die nach dem morgendlichen Sonntagsgottesdienst aus der Kirche von Tredonoc kamen, bemerkten, daß im Kirchhof ein großer gelber Schäferhund stand. Es hatte den Anschein, als hätte der Hund auf die Gemeinde gewartet, denn er schloß sich den heimgehenden Menschen sofort an, zuerst der ganzen Menge und dann einer Gruppe von etwa einem halben Dutzend, die nach rechts abbog. Zwei davon schlugen schließlich einen Weg über die Wiesen zu ihren jeweiligen Häusern ein, und vier schlenderten langsam, wie man es sonntagmorgens auf dem Land zu tun pflegt, weiter; diesen folgte der Hund, der sich stets bei Fuß hielt. Die Männer sprachen über Heu, Korn und über die Märkte und beachteten das Tier nicht weiter, und so gingen sie gemächlich den herbstlichen Weg entlang, bis sie zu einem Tor in der Hecke kamen, wo eine grobgebaute Straße durch die Felder abging, um hinab in den Wald und zur Farm von Treff Loyne zu führen.

Da war der Hund auf einmal wie besessen. Er bellte wild. Er rannte zu einem der Männer hin, »als ob er um sein Leben betteln würde«, wie der Mann sagte, und rannte dann zum Tor, um dort stehenzubleiben, schwanzwedelnd und in kurzen Abständen bellend. Die Männer starrten ihn an und lachten.

»Wem gehört der wohl?« fragte einer.

»Der gehört Thomas Griffith von Treff Loyne«, sagte ein anderer.

»Na, warum geht er dann nicht nach Haus? Auf, nach Haus mit dir!« Er nahm einen Stein von der Straße und warf ihn in die Richtung des Hundes. »Geh heim! Über den Tritt mit dir!«

Aber der Hund rührte sich nicht. Er bellte und winselte und rannte zu den Männern hin, dann wieder zum Tor zurück. Endlich näherte er sich einem der Männer und kroch demütig vor ihm auf dem Boden, um dann den Mantel des Mannes zu packen und zu versuchen, ihn so zum Gattertor hinüberzuziehen. Der Farmer schüttelte den Hund ab, und die vier gingen weiter; der Hund stand auf der Straße und sah ihnen nach, und dann hob er den Kopf und stieß ein langes, trostlos verzweifeltes Geheul aus.

Die vier Farmer kümmerten sich nicht darum; auf dem Land sind Schäferhunde eben Hunde, die sich um die Schafe zu kümmern haben, und ihren Launen und Grillen schenkt man keine Beachtung. Aber der gelbe Hund – eine Art degenerierter Collie – trieb sich von diesem Tag an auf den Wegen um Tredonoc herum. Er kam eines Nachts an die Tür eines Hauses und kratzte, und als sie geöffnet wurde, legte er sich flach hin, um dann bellend zum Gartentor zu laufen und dort zu warten, als bitte er den Hausbewohner, ihm zu folgen. Man vertrieb ihn und wieder stieß er das langgezogene Geheul seiner Qual aus. Es war fast so schlimm, sagten sie, wie das Schreien, das sie vor ein paar Nächten gehört hatten. Und dann fiel es jemandem ein – soweit ich es erfahren kann, ohne besonderen Bezug auf das seltsame Verhalten des Schäferhundes von Treff Loyne – daß Thomas Griffith schon seit einiger Zeit nicht mehr gesehen worden war. Er hatte den Markttag in Porth versäumt, er war nicht zur Kirche in Tredonoc gewesen, wo er sonst sonntags ziemlich zuverlässig auftauchte; und dann, als man die Köpfe zusammenzustecken begann, stellte sich heraus, daß schon seit einer ganzen Reihe von Tagen niemand mehr irgendein Mitglied der Familie Griffith gesehen hatte.

In der Stadt, selbst in einer kleinen Stadt, geht das Köpfezusammenstecken rasch. Auf dem Lande – vor allem in einer öden Gegend mit vielen verstreuten und einsamen Farmen und Häusern – braucht die Sache ihre Zeit. Man war bei der Ernte, jedermann war auf seinen eigenen Feldern beschäftigt, und nach einem langen Tag voll harter Arbeit hatten weder der Bauer noch seine Leute Lust, herumzuschlendern und sich die jüngsten Neuigkeiten erzählen zu lassen. Am Abend ist ein Erntearbeiter reif für das Essen und den Schlaf und sonst nichts.

So war es erst spät in dieser Woche, daß man entdeckte: Thomas Griffith und sein ganzes Haus waren vom Angesicht dieser Erde verschwunden.

Man hat mir oft meine Neugier in bezug auf Fragen zum Vorwurf gemacht, welche anscheinend nur von geringer Bedeutung sind oder von gar keiner. Ich untersuche zum Beispiel liebend gern die Frage der Sichtbarkeit einer brennenden Kerze auf große Entfernung. Nehmen wir an, es wird in einer windstillen, dunklen Nacht auf dem Lande eine Kerze angezündet – welches ist die größte Entfernung, aus der man noch wahrnehmen kann, daß da irgendein Licht brennt? Und die menschliche Stimme – wie weit trägt sie, unter günstigen Bedingungen, als bloßer Ton, abgesehen von dem Problem, ob sich noch einzelne gesprochene Wörter ausmachen lassen?

Das sind zweifelsohne triviale Fragen, doch sie haben mich immer interessiert, und die zuletzt erwähnte steht in einem gewissen Zusammenhang mit der seltsamen Geschichte von Treff Loyne. Jener melancholische und hohle Ton, jener klagende Ruf, der die Herzen derer erschauern ließ, die ihn hörten, war in der Tat eine menschliche Stimme, die auf singuläre Art hörbar wurde; und sie scheint an Punkten gehört worden zu sein, die anderthalb bis zwei Meilen von der Farm entfernt waren. Ich weiß nicht, ob das außergewöhnlich ist; ich weiß nicht, ob die spezielle Methode, die dabei angewandt wurde, die Reichweite der Stimme verringert oder vergrößert hat.

Wiederholt habe ich in dieser Geschichte über den Schrekken die seltsame Abgeschiedenheit mancher der Farmen und Häuser in Meirion betont. Dies habe ich getan, um den Städter von etwas zu überzeugen, was ihm ganz unvertraut ist. Für den Londoner ist ein Haus, das eine Viertelmeile von der letzten vorstädtischen Straßenlaterne entfernt liegt und dessen nächstes Nachbargebäude zweihundert Yards weit weg steht, ein einsames Haus, ein Ort, zu dem Gespenster passen, Geheimnisse und Ängste. Wie kann er dann die wahrhafte Einsamkeit der weißen Farmhäuser von Meirion ermessen, hier und dort verstreut, zum größten Teil nicht einmal an den schmalen Sträßchen und zwischen Hecken verborgenen Nebenwegen gelegen, sondern tief im Herzen der Wiesen und Felder oder einsam auf den massiven Bastionen der Küstenfelsen, dem Meer entgegengestellt – und auf dem hohen Meeresrand oder in den Hügeln und Tälern des Landesinneren stets den Blicken der Menschen entzogen, weit entfernt vom Schall irgendwelcher alltäglicher Stimmen. Penyrhaul zum Beispiel, die Farm, bei welcher der törichte Merritt Lichtsignale hatte sehen wollen – von See aus ist sie natürlich weithin sichtbar, doch vom Lande aus (was teilweise mit den Krümmungen und Einschnitten der Bucht zusammenhängt) wird man kaum ein weniger als drei Meilen entferntes Haus finden, das Penyrhaul erblickt.

Und von all diesen verborgenen und entlegenen Häusern ist wohl keines so tief in der Wildnis vergraben wie Treff Loyne. Ich kann nur sehr wenig Walisisch, wie ich leider gestehen muß, aber ich nehme an, daß der Name aus Trellwyn beziehungsweise Trf-y-llwyn abgeschliffen worden ist, »Der Ort am Hain«, und tatsächlich liegt das Anwesen tief im Herzen dunkler, von den Hängen schattender Wälder. Ein schmales, tief eingeschnittenes Tal läuft von den Höhen des Allt durch diese Wälder, durch steile Hänge voll Heidekraut und Ginster, bis hinunter ins große Moor, wo Merritt sah, wie sie den Toten vorbeitrugen. Das Tal liegt entfernt von jeder Straße, selbst von dem Nebensträßchen (kaum besser als ein Feldweg), wo die vier Farmer auf dem Rückweg von der Kirche über das seltsame Gebaren des Schäferhundes erstaunten. Man kann nicht sagen, daß irgendein anderer, auch ferner Ort das Tal überschaut, denn es ist so schmal, daß die Eschenstände, die den Talrand auf beiden Höhen säumen, sich zu vereinigen und es einzuschließen scheinen. Ich jedenfalls habe noch nie einen Höhenpunkt entdeckt, von dem aus Treff Loyne sichtbar gewesen wäre – wenn ich auch, vom Allt hinabblickend, blauen Holzrauch aus seinen verborgenen Kaminen habe aufsteigen sehen.

Solcherart war der Ort, zu dem an einem Septembernachmittag ein Trupp Leute hinaufzog, um herauszufinden, was mit Griffith und seiner Familie geschehen war. Es waren ein halb Dutzend Farmer, zwei Polizisten und vier Soldaten mit geschultertem Gewehr; letztere hatte der im Lager kommandierende Offizier ausgeliehen. Lewis war auch dabei; er hatte zufällig gehört, daß niemand wußte, was aus Griffith und seiner Familie geworden war, und er machte sich Sorgen über einen jungen Mann aus seiner Bekanntschaft, einen Maler, der den ganzen Sommer über in Treff Loyne Quartier genommen hatte.

Sie hatten sich alle am Kirchhoftor von Tredonoc versammelt und waren ernst den schmalen Weg entlangmarschiert; alle, nehme ich an, ein wenig beunruhigt, erfüllt von einer undeutlichen Angst, wie Männer, die nicht wissen, was ihnen vielleicht begegnen mag. Lewis hörte, wie der Korporal und die drei Soldaten sich über ihre Order stritten.

»Der Hauptmann sagt zu mir«, brummte der Korporal, »›Zögern Sie nicht, zu schießen, wenn's gefährlich wird.‹ ›Auf was schießen, Sir?‹ sag' ich. ›Auf die Gefahr‹, sagt er, und mehr ist nicht aus ihm herauszukriegen.«

Seine Männer knurrten unzufrieden; Lewis glaubte, irgendeine ihm unklare Anspielung auf Rattengift zu hören, und fragte sich, wovon sie reden mochten.

Sie kamen zu dem Gattertor in der Hecke, wo der Farmweg hinab nach Treff Loyne führte. Diesem grob befestigten Weg, wo Gras zwischen den locker gesetzten Steinen wuchs, folgten sie, die Hecke entlang von der Wiese in den Wald, bis sie zuletzt an die plötzlich aufragenden Wände des Tals und den schützenden Eschenwald kamen. Hier krümmte sich der Weg den steilen Hang hinunter und ging nach Süden, um von dort dem verborgenen Talgrund zu folgen, im Schatten der Bäume.

Da war der Außenzaun; hier die Mauern um den Innenhof, die Scheunen, Schuppen und Stallungen. Einer der Farmer stieß das Tor auf und ging in den Hof, wo er sogleich aus Leibeskräften zu rufen begann:

»Thomas Griffith! Thomas Griffith! Wo seid ihr, Thomas Griffith?«

Die anderen folgten ihm. Der Korporal gab über die Schulter einen raschen Befehl, und mit einem metallischen Klirren pflanzten seine Leute die Bajonette auf und wurden im Augenblick – anstelle der harmlosen Burschen mit einem guten Durst, die sie eigentlich waren, zu furchtbaren Boten des Todes.

»Thomas Griffith!« brüllte der Farmer wieder.

Es erfolgte keine Antwort auf seinen Ruf. Aber sie fanden den armen Griffith am Rand des Teiches mitten im Hof auf dem Gesicht liegen. Er trug eine entsetzliche Wunde in seiner Seite, als ob ein spitzer Pfahl in seinen Körper gestoßen worden wäre.

XII

Es war ein windstiller Septembernachmittag. Kein Lufthauch regte sich in den Wäldern, die sich um das alte Haus von Treff Loyne von den Hängen neigten; der einzige Laut in der dunstigen Luft war das Muhen der Kühe; sie waren anscheinend von den Weiden hierhergewandert, waren durch das Tor in den Hof gekommen und standen schwermütig da, als trauerten sie um ihren toten Herrn. Und die Pferde; vier große, schwere, geduldig dreinschauende Tiere auch sie, und auf der unteren Wiese standen die Schafe, als warteten sie darauf, gefüttert zu werden.

»Man sollte meinen, die wissen alle, daß irgend etwas nicht stimmt«, murmelte einer der Soldaten einem anderen zu. Eine blasse Sonne erschien einen Augenblick lang und glitzerte auf ihren Bajonetten. Sie standen um die Leiche des armen Griffith herum. Auf ihren Gesichtszügen war ein grimmiger Ausdruck zu lesen, der sich verhärtete. Ihr Korporal kläffte wieder einen Befehl; sie waren bereit. Lewis kniete neben dem Toten nieder und betrachtete genau die große klaffende Wunde an seiner Seite.

»Er ist schon lange tot«, sagte er. »Eine Woche, vielleicht zwei. Er ist mit einer scharfen, spitzen Waffe getötet worden. Was ist mit der Familie? Wie viele sind es denn? Ich hatte sie nie als Patienten.«

»Da wären Griffith, und seine Frau, und der Sohn Thomas, und Mary Griffith, die Tochter. Und ich glaube, diesen Sommer hatten sie einen Herrn als Logiergast.«

Dies sagte einer der Farmer. Sie sahen alle einander an – dieser Rettungstrupp, der nichts wußte von der Gefahr, die über dieses Haus mit seinen ruhigen Bewohnern hereingebrochen war, nichts von dem, was sie hierhergebracht hatte in den Hof der Farm, wo ein Toter lag, von geduldigen Tieren umstanden, als warteten sie darauf, daß der Farmer aufstünde und sie fütterte. Dann wandte sich die Gruppe zum Haus. Es war ein altes Gebäude aus dem sechzehnten Jahrhundert, mit dem eigenartig runden, flämischen Kamin, der charakteristisch für Meirion ist. Die Wände waren schneeweiß gekalkt, die Fenster lagen tief und hatten Mittelpfosten; eine massive, steingeflieste Veranda schützte die Haustür vor Stürmen, die in die Tiefe des verborgenen Tals eindringen mochten. Die Fenster waren fest verschlossen. Es gab nirgendwo ein Zeichen menschlicher Anwesenheit, irgendeine Bewegung. Die Ankömmlinge schauten einander an, und der Kirchenvorsteher unter den Farmern, der Polizeiwachtmeister, Lewis und der Korporal stellten sich eng zu einer Gruppe zusammen.

»Was um Gottes willen ist hier los, Doktor?« fragte der Farmer.

»Ich kann Ihnen überhaupt nichts sagen – nur, daß der arme Mann hier mit einem Stich bis ins Herz getötet worden ist«, sagte Lewis.

»Glauben Sie, sie sind drinnen und sie werden auf uns schießen?« fragte ein anderer Farmer. Er hatte keine Ahnung, was er mit »sie« meinte, und keiner der anderen wußte es besser. Sie wußten weder, was die Gefahr war, noch wo sie lauerte, ob sie eher draußen oder drinnen drohte. Sie starrten den ermordeten Mann an und warfen sich ratlose Blicke zu.

»Kommt, auf geht's!« sagte Lewis. »Wir müssen etwas tun. Wir müssen ins Haus und schauen, was passiert ist.«

»Ja, aber angenommen, sie greifen uns an, wenn wir hineingehen«, sagte der Wachtmeister. »Was wird dann mit uns, Dr. Lewis?«

Der Korporal postierte einen von seinen Männern am oberen Tor zum Farmhof, einen anderen am unteren Tor, und befahl ihnen, auf alles, was sich näherte und beim ersten Anruf nicht stehenblieb, zu schießen. Der Doktor und der Rest öffneten das kleine Tor zum Vorgarten, gingen zur Veranda hinauf und standen lauschend vor der Türe. Es war alles totenstill. Lewis nahm einem der Farmer seinen Eschenstock ab und klopfte dreimal mit schweren Schlägen an die alte schwarze Eichentür, die mit uralten Nägeln beschlagen war.

Dreimal donnerten die Schläge, und dann warteten alle. Es kam keine Antwort von drinnen. Er pochte noch einmal, immer noch schwieg alles. Er rief nach den Leuten drinnen; keine Antwort. Sie drehten sich um und sahen einander an, dieser Such- und Rettungstrupp, der keine Ahnung hatte, was er suchte oder welchem Feind er gegenüberstand. An der Tür hing ein eiserner Ring. Lewis drehte ihn, doch die Tür blieb verschlossen – offensichtlich waren die Riegel und die Sperrstange vorgelegt. Der Wachtmeister rief noch einmal, man solle aufmachen, aber wieder gab es keine Antwort.

Sie berieten sich. Es blieb nur, die Tür zu sprengen, und einer rief mit lauter Stimme, daß wer auch immer da drinnen sein mochte, von der Türe weggehen sollte, oder es wäre sein Tod. In eben diesem Augenblick kam der gelbe Schäferhund in großen Sätzen durch den Hof gesprungen, aus den Wäldern, und leckte ihnen die Hände und sprang an ihnen hoch und bellte glücklich.

»Tatsächlich«, sagte einer von den Farmern, »er hat gewußt, daß etwas nicht in der Ordnung ist. Schade, Thomas Williams, daß wir ihm nicht gefolgt sind, als er letzten Sonntag so darum gebettelt hat.«

Der Korporal hieß die anderen mit einer Handbewegung zurücktreten, und sie sahen sich an den Stufen zur Veranda furchtsam um. Der Korporal montierte sein Bajonett ab und schoß, nachdem er noch einmal zur Warnung gerufen hatte, ins Schlüsselloch. Er schoß und schoß wieder; so schwer und fest war die alte Tür, so massiv waren die Riegel und Beschläge. Endlich mußte er auf die soliden Türangeln schießen, und dann drückten sie alle gemeinsam dagegen, die Tür ging schwankend auf und fiel polternd ins Haus. Der Korporal hob die Linke und wich ein paar Schritte zurück. Er rief seinen beiden Leuten an den oberen und unteren Hoftoren etwas zu. Bei ihnen sei alles in Ordnung, gaben sie zurück. So kletterte der Trupp mühsam über die gestürzte Tür in den Flur und trat von da in die Küche der Farm.

Der junge Griffith lag tot vor dem Kamin, vor einem erstorbenen Feuer aus weißer Holzasche. Sie gingen weiter zur Stube, und in der Tür fanden sie die Leiche Secretans, des Künstlers, als wäre er gestürzt bei dem Versuch in die Küche zu kommen. Im Obergeschoß lagen die beiden Frauen, Mrs. Griffith und ihre Tochter, ein achtzehnjähriges Mädchen, zusammen auf dem Bett im großen Schlafzimmer, in enger Umarmung.

Sie gingen durch das Haus, durchsuchten die Speisekammern, die Spülküche und die Keller; alles war leblos.

»Seht her!« sagte Dr. Lewis, als sie in die große Küche zurückkehrten, »Seht! Es ist, als seien sie belagert worden. Seht ihr das Stück Speck hier, halb durchgenagt?«

Dann fanden sie an verschiedenen Stellen im Haus diese Stücke Speck, die von den großen Speckseiten an der Küchenwand abgeschnitten worden waren. Es gab kein Brot, keine Milch, kein Wasser.

»Und dabei«, sagte einer der Farmer, »hatten sie hier das beste Wasser in ganz Meirion. Der Brunnen ist dort drunten im Wald; es ist sehr berühmtes Wasser. Die Alten nannten ihn immer Ffynnon Teilo; Sankt Teilos Brunnen war's, so sagten sie.«

»Sie müssen verdurstet sein«, sagte Lewis. »Sie sind schon seit vielen Tagen tot.«

Die Männer standen in der großen Küche und starrten sich an, eine schmerzhafte Ratlosigkeit in den Blicken. Die Toten lagen um sie her, im Haus und außerhalb; und es war zwecklos, zu fragen, warum sie diesen Tod gefunden hatten. Der alte Mann war durch den Stoß einer scharfen Waffe getötet worden; die anderen waren wahrscheinlich am Durst zugrundegegangen; aber was für ein Feind hatte die Farm mit all ihren Bewohnern belagert? Es gab keine Antwort.

Der Wachtmeister redete davon, einen Karren zu holen und die Leichen nach Porth zu führen, und Dr. Lewis ging in die

Stube, die Secretan als eine Art Wohnzimmer benutzt hatte, um dort nach irgendwelchen Habschaften des toten Künstlers zu sehen und sie gegebenenfalls mitzunehmen. Ein halbes Dutzend große Mappen stapelten sich in einer Ecke, auf einem Tischchen lagen ein paar Bücher, hinter der Tür standen eine Angelrute und ein Korb – das schien alles zu sein. Zweifellos gab es im Obergeschoß noch Kleider und so weiter, und Lewis war dabei, zu den anderen in der Küche zurückzugehen, als sein Blick auf ein paar zerstreute Blätter fiel, die bei den Büchern auf dem kleinen Tisch lagen. Auf einem der Blätter las er zu seinem Erstaunen die Wörter: »Dr. James Lewis, Porth.« Dies war in zitternder, krakeliger Schrift geschrieben, und als er die anderen Blätter besah, entdeckte er, daß sie voll von Schriftzügen waren.

Der Tisch stand in einer dunklen Ecke des Zimmers, und Lewis sammelte die Papiere ein und trug sie zur Fensterbank, wo er zu lesen begann, erstaunt über einzelne Formulierungen, die ihm ins Auge sprangen. Aber das Manuskript war in Unordnung; als hätte der, der es geschrieben hatte, vor dem Tode nicht mehr die Kraft gehabt, die Blätter in die richtige Reihenfolge zu legen; es dauerte eine gewisse Zeit, bis der Doktor jedes Blatt an seinem Ort hatte. Dies waren die Aufzeichnungen, die er mit wachsendem Staunen las, während ein paar Farmer eins der Pferde im Hof vor einen Karren spannten und die anderen die toten Frauen heruntertrugen.

»Ich glaube, ich halte nicht mehr lange durch. Wir haben die letzten Tropfen Wasser schon vor langer Zeit verteilt. Ich weiß nicht, wie viele Tage es her ist. Wir schlafen ein und träumen und gehen in unseren Träumen durchs Haus, und oft bin ich mir nicht sicher, ob ich wache oder noch immer träume, und so verwirren sich die Tage und Nächte in meinen Gedanken. Ich bin vor kurzer Zeit erwacht, jedenfalls glaube ich: ich wachte auf, und ich fand mich im Korridor liegen. Ich hatte das unklare Gefühl, daß ich einen entsetzlichen Traum gehabt hatte, der schrecklich wirklich schien, und einen Moment lang dachte ich, was für eine Erleichterung es war, zu wissen, daß es nicht wahr war, was immer es gewesen sein mochte. Ich beschloß, einen langen Spaziergang zu machen, um mich zu erfrischen, und dann sah ich mich um und merkte, daß ich auf den Steinfliesen des Korridors gelegen hatte; und alles fiel mir wieder ein. Für mich gab es keinen Spaziergang.

Ich habe Mrs. Griffith und ihre Tochter schon lange nicht mehr gesehen. Sie sagten, sie würden nach oben gehen, um sich auszuruhen. Zuerst hörte ich sie noch im Zimmer hin und her gehen, nun höre ich nichts mehr. Der junge Griffith liegt in der Küche vor dem Kamin. Er redete mit sich selbst, als ich das letzte Mal in die Küche kam, von der Ernte und vom Wetter. Er schien nicht zu wissen, daß ich da war, und schwatzte mit leiser Stimme sehr schnell vor sich hin, und dann fing er an, nach Tiger, dem Hund, zu rufen.

Es scheint für keinen von uns mehr eine Hoffnung zu geben. Wir leben im Traum des Todes...«

Hier wurde das Manuskript ein halbes Dutzend Zeilen lang unleserlich. Secretan hatte die Worte »Traum des Todes« drei oder viermal hintereinander geschrieben. Er hatte ein neues Wort angefangen und es wieder ausgestrichen, und dann folgten seltsame, sinnlose Zeichen; die Schrift, dachte Lewis, einer furchtbaren Sprache. Und dann wurde die Handschrift wieder klar, klarer als zu Beginn des Manuskripts, und die Sätze flossen leichter dahin, als sei die Umnebelung ein Weilchen von Secretans Geist gewichen. Es gab sozusagen einen neuen Anfang, und der Verfasser hob noch einmal an, in gewöhnlicher Briefform:

»Lieber Lewis,

ich hoffe, Sie werden diese ganzen Verworrenheiten und Abschweifungen entschuldigen. Ich hatte die Absicht, einen richtigen Brief an Sie zu schreiben, und nun finde ich das ganze Zeug, das Sie soeben gelesen haben – falls dies hier je in

Ihre Hände kommt. Ich habe nicht einmal mehr die Energie, es zu zerreißen. Wenn Sie es lesen, werden Sie wissen, in welch trauriger Lage ich war, als ich es schrieb. Es scheint wie ein Delirium oder ein böser Traum, und selbst jetzt, da meine Gedanken anscheinend wieder sehr viel klarer geworden sind, muß ich mich stark konzentrieren, um an der Gewißheit festzuhalten, daß die Erlebnisse der letzten Tage an diesem entsetzlichen Ort wahr und wirklich sind und nicht ein langer Alptraum, aus dem ich schließlich in meiner Wohnung in Chelsea erwachen werde.

Ich habe von dem, was ich schreibe, gesagt: ›falls es je in Ihre Hände kommt‹ – und dessen bin ich mir durchaus nicht sicher. Wenn das, was hier geschieht, auch anderswo geschehen ist, dann ist wohl das Ende der Welt gekommen. Ich kann es nicht begreifen; selbst jetzt noch kann ich es kaum glauben. Ich weiß, ich träume solch wilde Phantombilder und durchlebe so wahnsinnige Phantasien, daß ich hinausschauen und mich umsehen muß, um gewiß zu sein, daß ich nicht immer noch träume.

Erinnern Sie sich an das Gespräch vor etwa zwei Monaten, als wir zusammen zu Abend aßen? Wir kamen irgendwie auf Raum und Zeit zu sprechen, und ich glaube, wir stimmten darin überein, daß man, sobald man den Versuch des logischen Nachdenkens über Raum und Zeit unternimmt, in einem Labyrinth von Widersprüchen landet. Sie sagten etwas in der Art, daß dies sehr merkwürdig sei, aber einem Traum gliche. ›Man weckt sich manchmal selbst aus einem verrückten Traum auf‹, sagten Sie, ›indem man erkennt, daß man Unsinn denkt.‹ Und wir fragten uns, ob diese Widersprüche, denen man unausweichlich verfällt, wenn man über Raum und Zeit nachzudenken beginnt, nicht Beweise darstellen, daß das ganze Leben ein Traum ist und Mond und Sterne Stückchen einer Alptraumphantasie sind. Das habe ich in letzter Zeit oft überlegt. Ich trete gegen die Wände, wie Dr. Johnson einst dem Stein einen Tritt gegeben hat, um mich zu versichern, daß die mich umgebenden Dinge da sind.

Und dann stellt sich die andere Frage ein – kommt nun wirklich das Ende der Welt, jener Welt, wie wir sie gekannt haben; und wie um Gottes willen wird die neue Welt beschaffen sein? Ich kann es mir nicht vorstellen; es ist eine Geschichte wie die von der Arche Noah und der Sintflut. Man hat immer vom Ende der Welt im Feuer geredet, aber so etwas hat sich kein Mensch je vorgestellt.

Und dann beunruhigt mich noch etwas anderes. Manchmal frage ich mich, ob wir nicht allesamt wahnsinnig sind in diesem Haus. Trotz alldem, was ich sehe und weiß, oder vielleicht sollte ich sagen: weil das, was ich sehe und weiß, so unmöglich ist, frage ich mich, ob wir nicht alle an einer Wahnvorstellung leiden. Vielleicht sind wir unsere eigenen Gefangenenwärter und hätten in Wahrheit die Freiheit, hinauszugehen und zu leben. Vielleicht ist das, was wir zu sehen vermeinen, gar nicht da. Ich glaube von ganzen Familien gehört zu haben, die gleichzeitig wahnsinnig geworden sind, und auch ich bin vielleicht dem Einfluß des Hauses erlegen, da ich vier Monate hier gewohnt habe. Ich weiß, es hat Menschen gegeben, denen ihre Wärter zwangsweise die Nahrung eingeflößt haben, weil sie selbst ganz sicher waren, daß ihre Kehle verschlossen sei und sie keinen Bissen schlucken könnten. Ich frage mich manchmal, ob wir alle hier in Treff Loyne so in unseren Gedanken gefangen sind; doch im Innersten weiß ich, daß dem nicht so ist.

Und doch, ich will nicht den Brief eines Wahnsinnigen hinterlassen – deshalb will ich Ihnen nicht die ganze Geschichte dessen erzählen, was ich gesehen habe oder gesehen zu haben glaube. Wenn ich bei Sinnen bin, werden Sie die Auslassungen aus eigenem Wissen ergänzen können. Bin ich verrückt, dann verbrennen Sie den Brief und sprechen Sie nicht darüber. Oder vielleicht – und ich bin mir tatsächlich nicht sicher – wache ich auf und höre Mary Griffith in ihrer fröhlichen Singsangstimme rufen, daß das Frühstück gleich fertig ist, ›gleich kommt's!‹, und ich laß es mir schmecken und spaziere nach Porth hinüber und erzähle Ihnen den seltsamsten und schrecklichsten Traum, den je ein Mensch gehabt hat, und frage Sie, was ich denn am besten dagegen einnehmen sollte.

Ich glaube, es war am Dienstag, als wir zuerst bemerkten, daß irgend etwas nicht stimmte – nur wußten wir zu dieser Zeit noch nicht, daß an dem, was wir wahrnahmen, etwas Eigenartiges war. Ich war seit neun Uhr morgens draußen gewesen und hatte versucht, das Moor zu malen, was sich als sehr schwierig herausstellte. Ich kam gegen fünf oder sechs nach Haus und fand die Familie in Treff Loyne, wie sie über Tiger, den alten Schäferhund, lachte. Er rannte immer wieder vom Hof der Farm zur Haustür und bellte dabei in raschen, kurzen, jaulenden Lauten. Mrs. Griffith und Miss Griffith standen an der Veranda, und der Hund lief immer wieder zu ihnen hin, sah ihnen ins Gesicht und rannte dann durch den Hof zum Tor, um mit diesem eifrig jaulenden Bellen zurückzuschauen, als erwarte er, daß die Frauen ihm folgten. Dann lief er wieder und wieder zu ihnen und zog sie an den Röcken, als wollte er sie mit Gewalt vom Haus wegzerren.

Dann kamen die Männer von den Feldern, und er wiederholte seinen Auftritt. Der Hund rannte überall im Hof hin und her, in Scheune und Schuppen hinein und wieder heraus, und dauernd bellte und jaulte er – und immer lief er dann eifrig zu der Person hin, an die er sich gewandt hatte, rannte gleich wieder davon und schaute sich um, als wollte er sehen, ob wir ihm folgten. Als die Haustür geschlossen worden war und sie alle beim Essen saßen, gab er keine Ruhe, bis sie ihn schließlich aussperrten. Und dann saß er auf der Veranda und kratzte mit den Pfoten an der Tür und bellte die ganze Zeit dabei. Als die Tochter mein Essen hereinbrachte, sagte sie: ›Wir wissen gar nicht, was mit Tiger los ist, und er ist doch sonst immer so ein guter Hund.‹

Der Hund bellte und jaulte und winselte und kratzte an der Tür, den ganzen Abend lang. Sie ließen ihn einmal herein, aber er schien nun ganz wild geworden zu sein. Er lief zu einem Familienmitglied nach dem anderen; seine Augen waren blutunterlaufen und Schaum stand ihm vor dem Mund,

und er riß an ihren Kleidern, bis sie ihn wieder in die Dunkelheit hinaustrieben. Dann brach ein langes, mitleiderregendes Klagegeheul aus ihm hervor, und wir hörten nichts mehr von ihm.«

XIII

»Ich schlief schlecht in dieser Nacht. Wieder und wieder erwachte ich aus unruhigen Träumen, und im Schlaf schien ich seltsame Rufe und Geräusche zu hören und ein Gemurmel und Schläge an die Tür. Es waren tiefe, hohl klingende Stimmen, die durch meinen Traum hallten, und als ich erwachte, konnte ich den Herbstwind traurig auf den Höhen über uns wehen hören. Ich fuhr einmal auf, einen furchtbaren Aufschrei in den Ohren; aber dann war das ganze Haus still, und ich versank wieder in meinen unruhigen Schlaf.

Bald nach Sonnenaufgang entrang ich mich endlich ganz dem Schlaf. Die Leute im Haus sprachen mit lauten Stimmen miteinander und stritten sich über etwas, das ich nicht begriff.

›Es sind diese verdammten Zigeuner, ich sag's dir doch‹, sagte der alte Griffith.

›Weshalb sollten sie so etwas machen?‹ fragte Mrs. Griffith. ›Wenn was gestohlen wäre, ja –‹

›Das war eher John Jenkins, aus reiner Bosheit‹, sagte der Sohn. ›Er hat gesagt, er wird an dich denken, als wir ihn beim Wildern erwischt haben.‹

Sie schienen verwundert und zornig, soweit ich es erkennen konnte, aber ohne jede Furcht. Ich stand auf und fing an, mich anzukleiden. Ich glaube, ich sah nicht aus dem Fenster. Der Spiegel auf meiner Kommode ist hoch und breit, und das Fenster ist klein; man müßte eigens um den Spiegel herumschauen, um etwas zu erkennen.

Die Stimmen unten waren immer noch in ihre Auseinandersetzung verwickelt. Ich hörte den Alten sagen: ›Also, ich fang jetzt auf jeden Fall mal an‹, und dann schlug die Tür zu.

Einen Augenblick später schrie der alte Mann, ich glaube, nach seinem Sohn. Dann entstand ein großer Lärm, den ich nicht näher beschreiben werde, und ein furchtbares Geschrei und Geheul im Haus und das Geräusch von rennenden

Schritten. Sie schrien sich alle etwas zu. Ich hörte die Tochter rufen: ›Es hat keinen Sinn, Mutter, er ist tot, sie haben ihn getötet‹, und Mrs. Griffith schrie, daß ihre Tochter sie loslassen solle. Und dann rannte eine von ihnen aus der Küche und warf die großen eichenen Riegel vor, eben als etwas mit einem donnernden Krachen gegen die Türe schlug.

Ich rannte nach unten. Ich fand sie alle in wilder Verwirrung, voll Kummer, Schrecken und erstauntem Entsetzen. Sie waren wie Menschen, die etwas so Furchtbares gesehen haben, daß sie darüber den Verstand verloren haben.

Ich ging zum Fenster, das auf den Hof sah. Ich werde nicht alles niederschreiben, was ich sah. Aber ich sah den armen Griffith beim Teich liegen, und das Blut strömte aus seiner Seite.

Ich wollte hinausgehen und ihn ins Haus bringen. Aber sie sagten mir, er müsse schon tot sein, und ferner machten sie mir klar, daß jeder, der das Haus verließ, nur noch Sekunden zu leben hätte. Wir konnten es nicht glauben, selbst als wir die Leiche draußen betrachteten; doch es war da. Ich habe mich gelegentlich gefragt, was man empfinden würde, wenn man einen Apfel vom Baum fallen und dann hoch in die Luft hinaufschießen und verschwinden sähe. Ich glaube, ich weiß es jetzt.

Selbst dann konnten wir es nicht glauben, daß es andauern würde. Wir hatten keine ernsthaften Befürchtungen unseretwegen. Wir sprachen davon, in ein, zwei Stunden hinauszugehen, vor dem Mittagessen jedenfalls. Es konnte nicht dauern, weil es unmöglich war. Tatsächlich sagte der junge Griffith um zwölf, er würde hintenherum zum Brunnen gehen und einen frischen Eimer Wasser holen. Ich ging mit zur Tür und blieb dort stehen. Er hatte keine zehn Yards zurückgelegt, als sie über ihm waren. Er rannte um sein Leben, und wir hatten genug zu tun, die Türe rechtzeitig zu versperren. Und da begann ich, mich zu ängstigen.

Immer noch konnten wir es nicht glauben. Jemand würde in einer Stunde oder zwei laut rufend des Wegs kommen, und alles würde zergehen und verschwinden. Es konnte keine wirkliche Gefahr bestehen. Es war genügend Speck im Haus, die Hälfte der Brotlaibe von der wöchentlichen Bäckerei, etwas Bier im Keller und ein Pfund Tee oder so, und ein ganzer großer Krug Wasser, der am Abend zuvor aus dem Brunnen geholt worden war. Wir konnten uns den Tag über bequem verpflegen, und am nächsten Morgen würde alles fort sein.

Aber ein Tag folgte dem anderen, und es war immer noch da. Ich wußte, daß Treff Loyne ein einsamer Ort ist – deshalb bin ich hergekommen, um mich eine ganze Weile vom Geklapper und Geratter und Gewühle Londons auszuruhen, das einen belebt und auch tötet. Ich bin nach Treff Loyne gekommen, weil es in dem schmalen Tal unter den Eschenwäldern vergraben liegt, weit weg von allen Wegen. Es gibt nicht einmal einen Fußpfad, der vorbeiführt; niemand kommt je hier vorüber. Der junge Griffith hat mir erzählt, daß es anderthalb Meilen zum nächsten Haus sind, und der Gedanke an die friedliche Ruhe und die Abgelegenheit der Farm hat mich früher entzückt.

Und nun kehrte dieser Gedanke wieder, ohne Entzücken, statt dessen von Furcht begleitet. Griffith glaubte, man könnte einen Ruf in einer stillen Nacht auf dem Allt hören, »wenn einer horcht danach«, fügte er unsicher hinzu. Meine Stimme war klarer und kräftiger als die seine, und in der zweiten Nacht sagte ich, ich würde in mein Zimmer hinaufgehen und durch das offene Fenster um Hilfe rufen. Ich wartete, bis alles dunkel und still war, und sah durch das Fenster, ehe ich es öffnete. Und da sah ich über dem First der langen Scheune auf der anderen Seite des Hofes etwas, was aussah wie ein Baum, obwohl ich wußte, daß es dort keinen Baum gab. Es war eine dunkle Masse gegen den Himmel, mit weitausgebreiteten Zweigen, ein Baum von dichtem, schwerem Wuchs. Ich fragte mich, was dies sein könnte, und schob das Fenster hoch, nicht nur, weil ich um Hilfe rufen wollte, sondern um genauer zu sehen, was die dunkle Wucherung über der Scheune wirklich war.

Ich sah in der Tiefe ihres Dunkels feurige Punkte und leuchtende Farben, die strahlten und sich bewegten, und die Luft zitterte. Ich starrte in die Nacht hinaus, und der dunkle Baum hob sich über das Scheunendach und stieg in die Luft empor und schwebte auf mich zu. Ich bewegte mich erst im letzten Moment, als die Masse schon nah am Haus war; und dann sah ich, was es war, und zerrte das Fenster im letzten Moment krachend herunter. Ich mußte kämpfen, und ich sah den Baum, der wie eine brennende Wolke war, in die Nacht aufsteigen und wieder herabsinken und sich auf die Scheune niederlassen. Ich erzählte ihnen unten davon. Sie saßen mit bleichen Gesichtern da, und Mrs. Griffith sagte, die alten Teufel seien los und wären aus den Bäumen und den alten Hügeln hervorgekommen, wegen der Sündhaftigkeit, die auf Erden herrschte. Sie begann etwas vor sich hin zu murmeln, etwas, das mir wie gebrochenes Latein klang.

Ich ging nach einer Stunde wieder in mein Zimmer hinauf, aber der dunkle Baum schwoll über der Scheune. Ein weiterer Tag verging, und im Abenddämmer sah ich hinaus, doch die feurigen Augen beobachteten mich. Ich wagte es nicht, das Fenster zu öffnen.

Und dann faßte ich einen anderen Plan. Es gab den großen alten Kamin mit dem runden flämischen Schornstein, der sich hoch über das Haus erhob. Wenn ich mich unter diesen Schornstein stellte und schrie, trug es meine Stimme vielleicht weiter, als wenn ich aus dem Fenster rief; der runde Schornstein mochte nach allem, was ich darüber wußte, wie ein Megaphon wirken. So stand ich jede Nacht im Kamin und rief von neun bis elf Uhr um Hilfe. Ich dachte an die Einsamkeit hier, tief im Eschental, an die einsamen Hügel und Landstrecken ringsum. Ich dachte an die kleinen Häuser in weiter Ferne und hoffte, meine Stimme würde zu den dort Wohnenden dringen. Ich dachte an den sich hoch oben auf dem Allt dahinwindenden Weg und an die wenigen Männer, die dort des Nachts hinkamen; aber ich hoffte, mein Schrei könnte einen von ihnen erreichen.

Aber wir hatten das Bier ausgetrunken, und das Wasser maßen wir uns nur noch tropfenweise zu, und in der vierten Nacht war meine Kehle trocken und ich begann, mich schwach und seltsam zu fühlen; ich wußte, daß die ganze Stimmkraft meiner Lungen vielleicht bis zum Ende des Feldes neben der Farm reichen würde.

Dann fingen wir an, von Brunnen und Quellen zu träumen und von Wasser, das sehr kalt, in kleinen Tropfen, aus Felsen inmitten eines kühlen Waldes hervortritt. Wir hatten alle Mahlzeiten aufgegeben; hin und wieder schnitt sich jemand ein Stück von einer Speckseite an der Küchenwand ab und kaute darauf, doch das Salz war wie Feuer.

Eines Nachts ging ein großer Regen nieder. Das Mädchen sagte, wir könnten ein Fenster öffnen und Schüsseln und Schalen hinaushalten und den Regen auffangen. Ich sprach von der Wolke mit den brennenden Augen. Sie sagte: ›Wir gehen zum Fenster hinten in der Milchkammer, und wenigstens einer von uns kann etwas Wasser holen.‹ Sie stand mit ihrer Schüssel oben auf dem langen Steinblock in der Milchkammer und schaute hinaus und hörte das Plätschern des Regens, der sehr rasch fiel. Und sie machte den Fensterriegel auf und hatte das Fenster eben sehr vorsichtig mit einer Hand etwa einen Zoll weit geöffnet, und hielt mit der anderen Hand die Schüssel. ›Und dann‹, sagte sie, ›war etwas, was zu zittern und schauern und beben begann, wie damals, als wir zum Chorfest in Sankt Teilo waren und die Orgel hat gespielt, und da waren die Wolke und das Brennen dicht vor mir.‹

Und dann fingen wir an zu träumen, wie ich schon sagte. Ich erwachte an einem heißen Nachmittag in meiner Stube, die Sonne schien, und in meinem Traum war ich suchend durch das ganze Haus gegangen und war in den alten Keller hinabgestiegen, der nicht mehr benutzt wurde, den Keller mit den Säulen und der Gewölbedecke, ich hatte einen spitzen Eisenstab in der Hand. Etwas sagte mir, daß dort Wasser war, und in meinem Traum ging ich zu einem schweren

Stein an der mittleren Säule und hob ihn auf, und darunter sprang eine Quelle von kaltem, klarem Wasser hervor, und ich hatte eben meine Hand gewölbt, um das Wasser aufzufangen und zu trinken, als ich erwachte. Ich ging in die Küche und sagte es dem jungen Griffith. Ich sagte ihm, ich sei sicher, daß dort Wasser zu finden wäre. Er schüttelte den Kopf, aber er nahm doch den großen Küchenschürhaken, und wir stiegen in den alten Keller hinunter. Ich zeigte ihm den Stein an der Säule, und er hob ihn hoch. Aber es war keine Quelle da.

Ich glich nun, wissen Sie, vielen Menschen, die ich in meinem Leben getroffen habe: Ich war nicht zu überzeugen. Ich war mir sicher, daß dort eben doch eine Quelle war. In der Küche hatten sie ein Metzgerbeil, und das nahm ich in den alten Keller mit und hackte damit den Boden auf. Die anderen hinderten mich nicht. Darüber waren wir hinaus. Wir sprachen kaum mehr miteinander. Jeder wanderte allein durch das Haus, oben und im Erdgeschoß, jeder, wie ich annehme, mit seinem eigenen törichten Plan, seiner eigenen verrückten Idee beschäftigt, aber wir sprachen kaum. Vor Jahren war ich eine Zeitlang Schauspieler gewesen, und ich weiß noch, wie es vor Premieren war – die Schauspieler gingen leise in den Kulissen hin und her, in der Nähe der Stelle, wo sie ihren Auftritt haben würden, ihre Lippen bewegten sich murmelnd, sie flüsterten den Text ihrer Rolle, aber keiner hatte ein Wort für den anderen. So war es mit uns. Eines Abends fiel es offenbar dem jungen Griffith plötzlich ein, einen unterirdischen Gang unter einer der Mauern des Hauses hindurch zu graben. Ich wußte, daß er verrückt war, so wie er es von mir wußte, als er mich nach einer Quelle im Keller graben sah, doch keiner sagte etwas zum anderen.

Nun sind wir über all das hinweg. Wir sind zu schwach. Wir träumen im Wachen, und wenn wir wirklich träumen, meinen wir, wir seien wach. Tag und Nacht kommen und gehen, und wir verwechseln sie miteinander; ich höre, wie Griffith etwas über die Sterne vor sich hinsagt, wenn die Sonne im Zenith steht, und um Mitternacht habe ich gedacht, über sonnenbeschienene Wiesen an kalten, schnellen Bächen entlangzugehen, die aus hohen Felsen hervorströmten.

Dann gehen in der Morgendämmerung Gestalten in schwarzen Roben mit brennenden Kerzen in den Händen herum und herum, und ich höre laute, rollende Orgelmusik, die klingt, als beginne nun ein unerhörter Ritus, und Stimmen erheben sich schrill und laut in einem alten Lied, das aus den Tiefen der Erde kommt.

Erst vor kurzer Zeit habe ich eine Stimme gehört, die klang, als spräche sie direkt an meinem Ohr, doch dabei hallte und dröhnte sie, als schallte und tönte sie in tiefen Echos durch das Gewölbe einer Kathedrale und psalmodierte in furchtbarem Sang. Ich hörte die Worte ganz deutlich.

Incipit liber irae Domini Dei nostri.

(Hier beginnet das Buch vom Zorne des HErrn, unseres Gottes.)

Und dann sang die Stimme das Wort *Aleph* und hielt es, wie es schien, ganze Weltalter hindurch aus, und ein Licht erlosch, als sie mit dem Kapitel begann:

An jenem Tage, spricht der Herr, soll eine Wolke liegen über dem Land, und in der Wolke ein Brennen und eine Gestalt des Feuers, und aus der Wolke sollen hervorgehen meine Boten; sie sollen alle zusammen einherrennen, sie werden nicht zur Seite weichen; dies wird sein ein Tag der großen Bitternis, ohne Errettung. Und auf jeden hohen Berg, spricht der Herr der Heerscharen, will ich meine Wachtposten setzen, und meine Armeen sollen lagern in jedem Tal; in dem Hause inmitten des Röhrichts will ich sprechen mein Urteil, und vergeblich werden sie sich flüchten in den Fels. In den Hainen der Wälder, an den Orten, da die Blätter wie ein Zelt über ihnen sind, sollen sie das Schwert des Todbringers finden; und die ihr Vertrauen setzen in befestigte Städte, sollen zuschanden werden. Wehe dem Gewaffneten, wehe ihm, der sich der Macht seiner Geschütze freuet, denn ein kleines Ding soll ihn niederstrecken, und von jemandem, so keine Macht besitzt, soll er hingestreckt werden in den Staub. Was niedrig ist, soll erhöhet werden; ich will das Lamm und das junge Schaf machen wie den Löwen vom rauschenden Wasser des Jordan; sie sollen sich keines erbarmen, spricht der Herr, und die Tauben sollen sein wie die Adler auf dem Berge Engedi; keiner soll erfunden werden, der bestehen mag beim Angriff ihrer Schlachtheere.

Selbst jetzt noch kann ich die große Stimme dröhnen hören, als ginge sie vom Altar einer großen Kirche aus und ich stünde am Portal. Lichter sind weit weg in der Wölbung eines weiten Dunkels zu erkennen, und eins nach dem anderen verlischt. Ich höre eine Stimme wieder singen, mit jener endlosen Modulation, die immer höher steigt und zu den Sternen emporstrebt und dort erstrahlt und sich dann in die dunklen Tiefen der Erde hinabwirft, um wiederum hinanzusteigen; das Wort heißt *Zain*.«

Hier zerfielen die Aufzeichnungen wieder und endgültig in völlige, beklagenswerte Verworrenheit. Zitternd hingekritzelte Linien flackerten über das Papier, mit denen Secretan versucht hatte, die unirdische Musik festzuhalten, die in seinen sterbenden Ohren anschwoll. Wie die Tintenkratzer und -scharrer zeigen, hat er sich sehr angestrengt, einen neuen Satz zu beginnen. Die Feder war ihm schließlich aus der Hand aufs Papier gefallen, wo sie einen verschmierten Klecks hinterließ.

Lewis hörte schwere Schritte im Korridor; man trug die Toten zum Karren hinaus.

XIV

Dr. Lewis hielt daran fest, daß wir nie auch nur beginnen können, die wahre Bedeutung des Lebens zu erfassen, wenn wir nicht anfingen, gerade jene Aspekte des Lebens zu studieren, die wir jetzt als völlig unerklärlich und insofern unwichtig verwerfen und übersehen.

Wir sprachen vor ein paar Monaten über den furchtbaren Schatten des Schreckens, der sich endlich von unserem Land hinweggehoben hatte. Ich hatte mir meine Meinung gebildet, teils nach eigenen Beobachtungen, teils aufgrund bestimmter Tatsachen, die mir mitgeteilt worden waren, und nachdem wir vorsichtig gewisse Paßwörter ausgetauscht hatten, erfuhr ich, daß Lewis auf ganz anderem Wege zum selben Ergebnis gekommen war.

»Und doch«, sagte er, »ist es kein wirkliches ›Ergebnis‹, oder besser gesagt, es ist wie alle Ergebnisse menschlicher Forschung der Beginn eines großen Geheimnisses. Wir müssen einräumen, daß das, was geschah, zu jedem Zeitpunkt der Weltgeschichte hätte geschehen können. Tatsächlich geschah es nicht bis vor einem Jahr, und deshalb waren wir der Überzeugung, es könne niemals geschehen – oder besser, es blieb sogar außerhalb des Bereichs unserer Vorstellungskraft. Aber so sind wir beschaffen. Die meisten Leute sind sich vollkommen sicher, daß der Schwarze Tod – die Pest – Europa nie wieder heimsuchen wird. Sie haben sich die bequeme Meinung gebildet, daß der Schmutz und die mangelhafte Abwasserentsorgung schuld daran waren. Tatsächlich hat die Pest nichts mit Schmutz oder Abwässern zu tun gehabt, und es gibt nichts, was dem entgegenstünde, daß sie England morgen wieder verheert. Wenn man das den Leuten sagt, glauben sie es einem nicht. Sie glauben an nichts, was nicht in dem bestimmten Moment da ist, in welchem man sich mit ihnen unterhält. Wie mit der Pest, so ist es auch mit dem Schrecken.

Wir konnten es nicht glauben, daß so etwas sich je ereignen könnte. Remnant hat gesagt – und damit hat er gewiß recht gehabt – daß es, was immer es sei, außerhalb des Vorstellbaren, des für uns Vorstellbaren läge. In Flächenland kann man nicht an den Würfel oder an die Kugel glauben.«

All dem pflichtete ich bei. Ich fügte noch hinzu, daß die Welt manchmal nicht in der Lage war, zu sehen – oder gar zu glauben –, was direkt vor aller Augen lag.

»Sehen Sie sich irgendeinen Stich des achtzehnten Jahrhunderts an, der eine gotische Kathedrale zeigt«, sagte ich. »Sie werden feststellen, daß das geübte Künstlerauge das vor ihm stehende Gebäude im eigentlichen Sinne gar nicht wahrgenommen hat. Ich habe einen alten Stich von der Kathedrale von Peterborough gesehen, der wirkt, als habe der Künstler nach einem unbeholfenen Modell gearbeitet, das aus zurechtgebogenem Draht und Bauklötzen gemacht war.«

»Ganz genau – denn die Gotik lag außerhalb der ästhetischen Theorie, und deshalb außerhalb des Wahrnehmungsvermögens der Zeit. Man kann nicht glauben, was man nicht sieht? Eher kann man nicht sehen, woran man nicht glaubt. So war es in der Zeit des Schreckens. Das alles bestätigt Coleridge, wenn er sagt, daß die Ideen notwendigerweise da sein müssen, ehe die Fakten einem irgendwie von Nutzen sein können. Natürlich hatte er recht – bloße Tatsachen ohne eine verbindende Idee sind nichts und führen zu keinerlei Schlußfolgerung. Wir hatten reichlich Tatsachen, aber wir wußten nichts damit anzufangen. Ich bin als letzter in dieser furchtbaren Prozession von Treff Loyne zurück nach Hause gegangen und war dabei in einem Zustand, der dem Wahnsinn sehr nahe kam. Ich hörte einen der Soldaten zu einem Kameraden sagen: ›Keine Ratte der Welt sticht einem Menschen ins Herz, Bill.‹ Ich weiß nicht, weshalb, aber ich hatte die Empfindung, wenn ich noch mehr solche Reden hören müßte, würde ich verrückt; es schien, als ob die Grundfesten der Vernunft bröckelten. Ich ließ die anderen weitergehen und nahm die Abkürzung über die Felder nach Porth. Ich sah bei Davies in der Hauptstraße herein und vereinbarte, daß er für diesen Abend die Fälle übernahm, die in meine Praxis kommen mochten, und dann ging ich heim und gab meinem Helfer die Anweisung, alle Leute weiterzuschicken. Und dann schloß ich mich ein, um nachzudenken und zu einer Lösung zu kommen – soweit ich es vermochte.

Sie dürfen nicht meinen, daß mir die Erfahrungen dieses Nachmittags die geringste Erleuchtung gebracht hätten. Tatsächlich, hätte ich nicht den Leichnam des armen alten Griffith durchbohrt in seinem eigenen Hof liegen sehen – ich glaube, ich wäre geneigt gewesen, einem Wink von Secretan zu folgen und anzunehmen, daß die ganze Familie einer kollektiven Halluzination oder einem gemeinsamen Wahn zum Opfer gefallen war und sich eingeschlossen hatte, um in ihrer Verrücktheit zu verschmachten. Es hat, glaube ich, solche Fälle gegeben. Es gibt eine wahnhafte Inhibition: den Glauben, daß man nicht in der Lage ist, etwas zu tun, was eigentlich aufs leichteste durchführbar wäre. Aber! ich hatte die Leiche des ermordeten Mannes gesehen und die Wunde, die ihn getötet hatte.

Hat mir Secretans hinterlassenes Manuskript keinen Hinweis gegeben? Nun, es schien mir das Verworrene noch weiter zu verwirren. Sie haben es gelesen – Sie wissen, daß manche Stellen offenbares Delirieren sind, die irrenden Gedanken eines Sterbenden. Wie sollte ich die Tatsachen von den Halluzinationen trennen, da mir der Schlüssel zum ganzen Rätsel fehlte? Das Wolkenschloß des Deliriums ist oft eine Art vergrößerter und verzerrter Schatten wirklicher Dinge, aber es ist sehr schwierig, beinahe unmöglich, das reale Haus aus der verzerrten Schattenform zu rekonstruieren, die aus dem Wolkendunst der Patientenphantasien hervortritt. Und, sehen Sie, Secretan hat bei der Niederschrift dieses außergewöhnlichen Dokuments beinahe darauf bestanden, daß er nicht ganz bei Sinnen war – daß er tagelang halb schlief, halb wachte, daß er phantasierte. Wie sollte man da seine Einlassungen bewerten, Delirium von Fakten trennen? In einem Punkt waren seine Angaben bestätigt: Sie erinnern sich, daß er davon erzählt, wie er in den alten Schornstein von Treff Loyne empor um Hilfe geschrien hat; das schien mit den Berichten von einem hohlen, stöhnenden Schrei übereinzustimmen, den man auf dem Allt gehört hatte. Soweit konnte man ihn als getreuen Chronisten nehmen. Und ich sah im alten Keller der Farm nach und fand an einer der Säulen eine Art mit panischer Hast ausgescharrtes Kaninchenloch; auch hier wurde er bestätigt. Aber was sollte man von der Geschichte mit der singenden Stimme halten, und den Buchstaben des hebräischen Alphabets, und dem Kapitel aus irgendeinem unbekannten kleinen Propheten? Wenn man den Schlüssel hat, ist es einfach genug, die Fakten oder die verborgenen Hinweise auf Fakten aus den Wahnvorstellungen auszusortieren; doch ich hatte an diesem Septemberabend den Schlüssel nicht. Ich habe den ›Baum‹ mit den Lichtern und Feuern darin vergessen – das, glaube ich, hat mich mehr als alles andere gefühlsmäßig davon überzeugt, daß Secretans Geschichte im wesentlichen eine wahre Geschichte war. Ich hatte eine ähnliche Erscheinung in meinem eigenen Garten gesehen; was aber war es?

Nun habe ich gesagt, daß sich das Leben paradoxerweise nur vom Unerklärlichen aus erklären läßt. Wir neigen dazu, dann und wann zu sagen: ›Ein sehr eigenartiger Zufall!‹ und es dabei bewenden zu lassen, als gäbe es weiter nichts mehr dazu zu sagen oder als wäre die Sache damit erledigt. Nun, ich glaube, der einzig wahre Weg führt durch die Sackgasse.«

»Wie meinen Sie das?«

»Nun, wir haben hier ein Beispiel dafür, was ich sagen will. Ich habe Ihnen von Merritt, meinem Schwager, und dem Kentern jenes Bootes erzählt – der *Mary Ann*. Er sagte, er habe Lichtsignale in einer der Küstenfarmen aufblitzen sehen, und er war sich ganz sicher, daß diese beiden Vorfälle als Ursache und Wirkung aufs engste zusammengehörten. Ich hielt das alles für Blödsinn und fragte mich, wie ich ihn am besten zum Schweigen bringen könnte, als eine große Motte durch dieses

Fenster hier ins Zimmer geflogen kam, umherflatterte und es schließlich schaffte, sich bei lebendigem Leibe in der Lampe zu verbrennen. Das gab mir mein Stichwort – ich fragte Merritt, ob er wisse, warum die Motten in die Lampe fliegen; ich dachte, es könne ein kleiner Hinweis für ihn sein, daß ich seine Lichtsignale und seine halbgaren Theorien satt hatte. So war es auch – er schaute beleidigt drein und hielt den Mund.

Aber ein paar Minuten später wurde ich zu einem Mann gerufen, der seinen kleinen Sohn in einer Wiese nahe seinem Haus etwa eine Stunde zuvor tot aufgefunden hatte. Das Kind lag so still, sagte man mir, daß eine große Motte sich auf seiner Stirn niedergelassen hatte und erst aufflatterte, als man den Leib hochob. Es war völlig unlogisch: Aber es war der eigenartige ›Zufall‹, der die Motte in meiner Lampe und die Motte auf der Stirn des toten Knaben zusammentreffen ließ, welcher mich zuerst auf die richtige Spur brachte. Ich kann nicht sagen, daß er mich in irgendeinem Sinn leitete; er wirkte eher wie das Aufflammen eines großen roten Warnzeichens an einer Mauer; er klingelte meine Aufmerksamkeit wach, wenn ich so sagen darf; es war ein Schock, wie ein Paukenschlag. Zweifellos redete Merritt an diesem Abend blühenden Blödsinn, soweit es seine Geschichte betraf; die Lichtblitze von der Farm her hatten nichts mit dem Umschlagen des Bootes zu tun. Aber sein allgemeines Prinzip war vernünftig – wenn man einen Gewehrschuß hört und einen Mann zu Boden fallen sieht, ist es müßig, von ›bloßer Koinzidenz‹ zu reden. Ich glaube, über diese Frage könnte man ein sehr interessantes Buch schreiben; ich würde es *Eine Grammatik der Koinzidenz* nennen.

Aber wie Sie sich erinnern werden, da Sie meine Notizen gelesen haben, wurde ich etwa zehn Tage später gerufen, als ein Mann namens Cradock in einer Wiese nahe seiner Farm tot aufgefunden worden war. Auch dies war bei Nacht geschehen. Seine Frau fand ihn, und in ihrer Geschichte gab es einige sehr seltsame Einzelheiten. Sie sagte, die Hecke um die Weide hätte ausgesehen, als sei sie verändert; sie hatte schon

Angst, sie habe sich vielleicht verlaufen und sei auf dem falschen Wiesenstück. Dann sagte sie, die Hecke habe geleuchtet, als ob eine Menge Glühwürmchen darin wären, und als sie über das Zauntor sah, schien ihr eine Art Glanz auf dem Boden zu liegen, und dann schwand das Glänzen, und sie fand die Leiche ihres Mannes in der Nähe der Stelle, wo dieses Licht erschienen war. Nun war dieser Cradock ebenso erstickt worden wie der kleine Roberts und wie jener Mann in den Midlands, der eines Nachts eine Abkürzung genommen hatte. Dann erinnerte ich mich, daß der arme Johnnie Roberts etwas von einem ›leuchtenden Ding‹ über dem Zauntor gerufen hatte, ehe er verschwand. Dann konnte ich meinerseits den höchst bemerkenswerten Anblick hinzufügen, dessen Zeuge ich hier geworden bin, als ich in den Garten hinuntersah: den Anschein eines ausladenden Baumes an der Stelle, wo, wie ich wußte, kein Baum stand, und dann das Leuchten und Brennen von Lichtern und sich regenden Farben. Wie das arme Kind und Mrs. Cradock hatte ich etwas leuchten sehen – genau wie ein Mann in Stratfordshire eine dunkle Wolke mit Feuerfunken darin über die Bäume hatte schweben sehen. Und Mrs. Cradock hatte gedacht, die Form der Sträucher in der Hecke habe sich verwandelt.

Meine Gedanken sprachen fast das Wort aus, welches fehlte; aber Sie erkennen die Schwierigkeiten. Diese bestimmte Reihe von Umständen konnte, soweit ich sah, nichts mit den anderen Umständen des Schreckens zu tun haben. Wie konnte ich all dies mit den Bomben und Maschinengewehren in den Midlands in Verbindung bringen, mit den schwerbewaffneten Soldaten, die Tag und Nacht an den Rüstungsfabriken Wache hielten? Dann gab es die lange Reihe der Leute, die über die Klippen oder in den Steinbruch gestürzt waren; die Fälle der im Schlick des Moores Erstickten; die Geschichte der vor ihrem Haus an der Landstraße ermordeten Familie; es gab die *Mary Ann*. Ich konnte keinen Faden sehen, der alle diese Ereignisse hätte verbinden können – sie schienen hoffnungslos vereinzelt. Mir wurde keine Beziehung zwischen der Kraft klar, welche den Williams die Schädel eingeschlagen hatte, und jener, die das Boot kentern ließ. Ich weiß es nicht – aber es ist doch sehr wahrscheinlich, daß ich das Ganze, hätte sich nicht noch mehr ereignet, als eine unerklärliche Reihe von Verbrechen und Unfällen eingeordnet hätte, welche zufällig im Sommer des Jahres 1915 in Meirion geschehen waren. Nun, das wäre natürlich im Hinblick auf gewisse Details in Merritts Erzählung ein unhaltbarer Standpunkt gewesen. Und doch, ist man mit dem Unlösbaren konfrontiert, läßt man es am Ende gut sein. Wenn das Geheimnis unerklärlich bleibt, tut man so, als gebe es kein Geheimnis. Das ist die Rechtfertigung der sogenannten Freidenkerei.

Dann kam die rätselhafte Sache in Treff Loyne. Ich konnte das nicht beiseite schieben. Ich konnte nicht so tun, als hätte sich nichts Seltsames, Abwegiges ereignet. Es ließ sich nicht mehr bemänteln, nicht mehr bestreiten. Ich hatte mit meinen eigenen Augen gesehen, daß es ein Geheimnis gab – ein entsetzliches Geheimnis. Ich habe meine Logiklektionen vergessen, aber man könnte wohl sagen, daß Treff Loyne die Existenz eines Geheimnisses in Form des Todes demonstrierte.

Ich habe das alles mit mir nach Hause genommen, wie ich Ihnen erzählte, und mich hingesetzt, um den Abend mit diesem Rätsel zu verbringen. Es erregte meine Furcht, nicht nur wegen seiner Entsetzlichkeit, sondern, wie man wiederum sagen könnte, wegen der logischen Diskrepanz der vorgegebenen Einzelheiten. Der alte Griffith war, soweit ich sehen konnte, mit einem Spieß oder vielleicht einem zugespitzten Holzpfahl getötet worden – wie konnte man dies mit dem brennenden Baum in Verbindung bringen, der über dem Scheunenfirst schwebte? Es war, als würde ich jetzt zu Ihnen sagen: ›Hier haben wir einen Mann, der ertrunken ist, und der da ist bei lebendigem Leibe verbrannt – weisen Sie nach, daß der Tod jeweils derselben Ursache entspringt.‹ Und sobald ich mich von diesem besonderen Fall in Treff Loyne abwandte und versuchte, ihn durch andere Beispiele des Schrekkens zu erhellen, dachte ich an den Mann in den Midlands, der die Füße von Tausenden von Männern in den Wäldern hatte rascheln hören, und ihre Stimmen, als säßen da die Skelette der Toten und redeten. Und dann sagte ich zu mir selbst: Und was ist mit dem Boot, das bei Windstille gekentert ist? Es schien keinen Anfang und kein Ende zu geben, keine Hoffnung auf irgendeine Lösung.

Es war, glaube ich, ein plötzlicher Gedankensprung, der mich aus der Wirrnis befreite. Es war völlig jenseits aller Logik. Ich ging zu jenem Abend zurück, da mich Merritt mit seinen Lichtsignalen langweilte, zu der Motte in der Lampe und zu jener auf der Stirn des armen Johnnie Roberts. Es war ohne Sinn, aber plötzlich entschied ich, daß das Kind und der Farmer Joseph Cradock und jener namenlose Mann in Stratfordshire – alle bei Nacht aufgefunden, alle erstickt – sämtlich von großen Mottenschwärmen getötet wurden, die ihnen die Atemwege verschlossen. Ich gebe nicht vor, daß dies bewiesen wäre, nicht einmal jetzt, aber ich bin sicher: es ist wahr.

Nehmen wir einmal an, Sie begegnen einem Schwarm dieser Lebewesen im Dunkeln. Nehmen wir an, die kleineren fliegen Ihnen in die Nase. Sie ringen nach Atem und öffnen den Mund. Und wenn dann Hunderte in Ihren Mund fliegen, Ihren Hals, in die Luftröhre? Sie sind in ganz kurzer Zeit tot, die Sauerstoffzufuhr ist abgeschnitten, Sie sind erstickt.«

»Aber die Motten wären doch auch tot. Man würde sie in den Leichen finden.«

»Die Motten? Wissen Sie, daß es überaus schwierig ist, eine Motte mit Zyankali zu töten? Nehmen Sie einen Frosch, töten Sie ihn, öffnen Sie den Magen. Da werden Sie seine Mahlzeit aus Motten und kleinen Käfern finden, und diese Mahlzeit wird sich plötzlich bewegen und fröhlich davonspazieren, um ungerührt weiterzuleben. Nein – das ist keine Schwierigkeit.

Nun war ich also an diesem Punkt angelangt. Ich schloß all die anderen Fälle aus. Ich beschränkte mich auf die, welche unter diese eine Formel fielen. Ich war zu der Annahme oder dem Schluß – nennen Sie es, wie Sie wollen – gekommen, daß in gewissen Fällen Menschen durch die Einwirkung von Motten erstickt worden waren. Ich hatte eine Erklärung für diese unerhörte Erscheinung mit den brennenden oder bunten Lichtern gefunden, deren Zeuge ich geworden war, als ich das Emporwachsen jenes seltsamen Baumes in meinem Garten gesehen hatte. Das war offensichtlich die Wolke mit Feuerfunken darin, welche der Mann aus Stratfordshire für eine neue, furchtbare Form von Giftgas hielt, das war das leuchtende Etwas, das der arme kleine Johnnie Roberts über den Zauntritt hinweg gesehen hatte, das war der Glanz, der Mrs. Cradock zum Leichnam ihres Mannes geführt hatte, das war die Versammlung furchtbarer Augen, die bei Nacht über Treff Loyne Wache gehalten hatte. Als ich einmal auf dem richtigen Wege war, begriff ich dies alles, denn ich bin schon im Dunkeln in dieses Zimmer gekommen und habe gestaunt über das wundervolle Feuer und die seltsamen brennenden Farben in den Augen einer einzigen Motte, welche draußen an der Fensterscheibe hochkroch. Stellen Sie sich die Wirkung von Myriaden solcher Augen vor, von der Bewegung dieser Lichter und Feuer in einem riesigen Nachtfalterschwarm, wo jedes Insekt in Bewegung ist, während es seinen Platz in der Masse hält! Ich spürte, daß all dies klar und gewiß war.

Dann der nächste Schritt. Natürlich wissen wir im Grunde gar nichts über Motten, ich meine, wir wissen nichts von der Mottenwirklichkeit. Sicherlich wird es, soweit ich weiß, Hunderte von Büchern geben, die sich mit Motten befassen und mit nichts anderem als Motten. Doch dies sind wissenschaftliche Werke, und die Wissenschaft befaßt sich nur mit den Oberflächen; sie hat nichts mit den Wirklichkeiten zu tun – sie überhebt sich, wenn sie versucht, zu den Wirklichkeiten vorzudringen. Um eine sehr geringfügige Einzelheit zu nehmen: wir wissen nicht, weshalb die Motte die Flamme sucht. Doch wissen wir immerhin, was die Motte nicht tut – sie sammelt sich nicht in großen Schwärmen, um menschliches Leben zu vernichten. Hier aber, nach meiner Hypothese, gab es Fälle, in denen die Motte eben dies getan hatte; das Mottengeschlecht war, wie es schien, zu einer bösartigen Verschwörung gegen das Menschengeschlecht vereinigt. Es war zweifellos ganz undenkbar – soll heißen, es war noch nie zuvor geschehen –, aber ich sah keine Möglichkeit, diesem Schluß auszuweichen.

Diese Insekten waren also eindeutig dem Menschen feindlich gesonnen; und hier hielt ich inne, weil ich den nächsten Schritt nicht sehen konnte, so offensichtlich er mir nunmehr erscheint. Ich glaube, die Gesprächsfetzen der Soldaten auf dem Weg nach Treff Loyne und zurück warfen die nächste Planke über den Abgrund. Sie hatten von ›Rattengift‹ gesprochen und davon, daß keine Ratte einem Menschen das Herz durchbohren kann; und plötzlich sah ich Klarheit. Wenn die Motten vom Haß gegen die Menschheit besessen waren und sich planmäßig gegen ihn vereinigen konnten – warum dann nicht annehmen, daß dieser Haß, dieser Plan von anderen nichtmenschlichen Kreaturen geteilt wurde?

Das Geheimnis des Schreckens ließ sich in einem Satz zusammenfassen: Die Tiere hatten sich gegen den Menschen erhoben.

Nun wurde das ganze Puzzlespiel des großen Rätsels einfach; man mußte nur die Fälle klassifizieren. Nehmen wir die Menschen, die ihren Tod beim Sturz über Klippen oder über den Rand von Steinbrüchen fanden. Wir sind es gewohnt, an Schafe als an furchtsame Geschöpfe zu denken, die stets davonlaufen. Aber nehmen wir an, Schafe laufen einmal nicht davon – und schließlich, warum sollten sie eigentlich? Steinbruch oder nicht, Klippen oder keine – was würde geschehen, wenn hundert Schafe auf Sie zurennen würden anstatt vor Ihnen davon? Es gäbe keinen Ausweg, sie würden Sie umreißen und sie zertrampeln oder ersticken. Und nun nehmen wir einen Mann an, eine Frau, ein Kind, irgendeine Person, die in der Nähe eines Klippenrandes oder über einem Steinbruch steht – und dann ein plötzlicher Ansturm von Schafen! Ganz offenbar gibt es kein Entrinnen; man kann nur abstürzen. Es kann keinen Zweifel geben, daß in all jenen Fällen genau dies geschehen ist.

Und wiederum – Sie kennen die ländlichen Gegenden, Sie wissen, wie einem manchmal eine Viehherde, ernsthaft und gelassen, auf dem Weg über eine Wiese nachkommt. Die Rinder verhalten sich, als wollten sie einen einschließen. Städter bekommen manchmal Angst und schreien und rennen davon; Sie oder ich würden es ignorieren oder höchstens unsere Stöcke schwenken, worauf die Herde stehenbleibt oder davontrottet. Wenn sie aber nun nicht davontrotten? Die sanftmütigste alte Kuh ist, bedenken Sie, viel stärker als jeder Mensch. Was vermag ein Mann oder ein halbes Dutzend gegen ein halbes Hundert dieser Tiere, die nicht länger jener geheimnisvollen Hemmung unterliegen, die seit Urzeiten die Starken zu Sklaven des Schwachen gemacht hat? Aber wenn man botanisierend durch das Moor geht, wie der arme Kerl, der seine Ferien in Porth verbrachte, und vierzig oder fünfzig Jungrinder langsam den Ring um einen immer enger schließen und sich nicht durch Rufe und nicht durch das Schwenken des Stocks zurückdrängen lassen, sondern immer näher und näher kommen und einen in den Schlick hineindrängen – wo soll da noch eine Rettung sein? Wenn man keinen Revolver dabeihat, geht man zu Boden und bleibt am Boden liegen, während sich die Tiere fünf Minuten lang ruhig auf einem niederlassen. Der arme Griffith auf Treff Loyne hatte einen schnelleren Tod – eins seiner eigenen Rinder stieß ihm mit einem einzigen scharfen Ruck sein Horn ins Herz. Und von diesem Morgen an waren die Bewohner des Bauernhauses von ihren eigenen Rindern und Pferden und Schafen belagert; und wenn die Unglücklichen drinnen ein Fenster öffneten, um nach Hilfe zu rufen oder zu versuchen, ein paar Tropfen Regenwasser zur Linderung ihres brennenden Durstes aufzufangen, wartete die Wolke mit ihren Myriaden Feueraugen auf sie. Kann man sich wundern, daß Secretans Bericht sich stellenweise wie ein Wahnprotokoll liest? Sie erkennen nun die entsetzliche Lage der Menschen in Treff Loyne: sie sahen nicht nur, wie der Tod langsam auf sie eindrang, sondern sahen ihn in unglaublicher Gestalt, so als stürbe man nicht nur in einem Alptraum, sondern *an* einem Alptraum. Doch hat noch niemand in seinen wildesten, loderndsten Träumen sich je ein solches Schicksal ausgemalt. Es überrascht mich nicht, daß Secretan einmal dem Zeugnis der eigenen Sinne nicht traute, ein andermal annahm, das Ende der Welt sei gekommen.«

»Und die Williams, die hier in der Nähe auf der Landstraße ermordet wurden?«

»Die Pferde waren die Mörder; die Pferde, die anschließend durch das Lager weiter unten stürmten. Auf irgendeine mir noch unklare Art lockten sie die Familie auf die Straße und schlugen dort allen den Schädel ein; ihre beschlagenen Hufe waren die Werkzeuge der Exekution. Und was die *Mary Ann* angeht, das gekenterte Boot, so bezweifle ich nicht, daß sie durch eine plötzliche Attacke der Tümmler umkippte, die im Wasser der Larnac-Bucht spielten. Ein Tümmler ist ein massiges Tier – ein halbes Dutzend könnten mit Leichtigkeit ein kleineres Ruderboot umkippen. Die Munitionsfabrik? Dort waren die Ratten der Feind. Ich glaube, man hat berechnet, daß in Großlondon die Anzahl der Ratten etwa der der menschlichen Einwohner entspricht, das heißt, es gibt etwa sieben Millionen von ihnen. Die Proportion wird in allen großen Bevölkerungszentren etwa dieselbe sein, und dazu ist die Ratte ein gelegentlich zu Wanderzügen neigendes Tier. Jetzt können Sie die Geschichte von der *Semiramis* begreifen, die vor der Themsemündung hin und her trieb und endlich vor Arcachon auflief, als Besatzung nur trockene Häufchen von Knochen. Die Ratte ist eine Expertin, wenn es gilt, sich Zugang zu Schiffen zu verschaffen. Und so kann man nun auch die Geschichte des verängstigten Mannes verstehen, der den Weg von der neuen Munitionsfabrik am Wald vorbei ging. Er dachte, er höre tausend Mann leise durch den Wald gehen und sich schnatternd in irgendeiner furchtbaren Sprache verständigen; was er hörte, war der Aufmarsch einer Rattenarmee – das Sammeln vor der Schlacht.

Und stellen Sie sich das Entsetzen eines solchen Angriffs vor! Selbst eine einzige wütende Ratte soll ein gemeiner Gegner sein – und nun das Hervorbrechen dieser schrecklichen Myriadenschwärme, die über die hilflosen, unvorbereiteten, erstaunten Arbeiter in den Rüstungsfabriken herfallen.«

Es kann, glaube ich, keinen Zweifel geben, daß Dr. Lewis mit diesen unglaublichen Schlußfolgerungen vollkommen recht hatte. Wie gesagt, ich war auf anderen Wegen zu ziemlich demselben Ergebnis gelangt; aber dies mehr im Hinblick auf die allgemeine Lage, während Lewis jene besonderen Umstände des Schreckens studiert hatte, die in seinen unmittelbaren Gesichtskreis kamen, den eines Landarztes mit großer Praxis im südlichen Teil von Meirion. Von einigen der Fälle, die er analysierte, besaß er natürlich keine unmittelbare Kenntnis, aber er beurteilte diese Fälle nach ihrer Ähnlichkeit mit den Tatsachen, die er persönlich erfahren hatte. Er sprach von der Affäre um den Steinbruch von Llanfihangel in Analogie zum Fall der Menschen, die tot unter den Klippen bei Porth gefunden worden waren, und dazu berechtigten ihn die Umstände zweifellos. Er sagte mir, daß er beim Überdenken der ganzen Geschichte kaum größeres Erstaunen in bezug auf den Schrecken selbst empfand als hinsichtlich der seltsamen Art und Weise, wie er zu seinen Schlußfolgerungen gekommen war.

»Sie kennen ja«, sagte er, »jene eindeutigen Fälle tierischer Bösartigkeit, von denen wir wußten – die Bienen, die das Kind zu Tode stachen, der wildgewordene treue Schäferhund, und so fort. Nun, all das half mir gar nicht weiter, es erhellte nichts für mich – einfach weil ich nicht jene *Idee* hatte, die Coleridge zu Recht bei allen Forschungen für notwendig erachtet. Tatsachen *qua* Tatsachen bedeuten nichts, wie wir schon sagten, und führen zu nichts. Man glaubt nicht, deshalb sieht man nicht.

Und als die Wahrheit dann zutage trat, geschah es durch den launischen Zufall – wie wir solche Zeichen nennen –, der die Motte in meiner Lampe und die Motte auf der Stirn des toten Kindes vereinigte. Das ist, glaube ich, sehr eigenartig.«

»Und es scheint zumindest ein Tier gegeben zu haben, das treu geblieben ist; der Hund von Treff Loyne. Das ist seltsam.«

»Das bleibt ein Geheimnis.«

Es wäre selbst jetzt nicht klug, die furchtbaren Szenen in den großen Rüstungsfabriken des Nordens und der Midlands während der dunklen Monate des Schreckens genauer zu schildern. Aus den Fabriken zogen in tiefer Mitternacht die Toten, verborgen in ihren Särgen, und nicht einmal die engsten Anverwandten wußten, wie sie zu Tode gekommen waren. Alle die Städte waren voll von Trauerhäusern, waren voll dunkler, schlimmer Gerüchte, ebenso unglaublich wie die unglaubliche Wirklichkeit. Es wurden Dinge getan und erlitten, die vielleicht niemals ans Licht kommen werden; Erinnerungen an diese Dinge, geheime Überlieferungen werden in manchen Familien geflüstert und von Vater zu Sohn weitergegeben werden, im Lauf der Jahre immer wilder verzerrt, doch niemals wilder als die Wahrheit.

Es ist genug, wenn man sagt, daß die Sache der Alliierten eine Zeitlang in tödlicher Gefahr schwebte. Die Männer an der Front schrien in ihrer verzweifelten Lage nach Gewehren und Granaten. Niemand sagte ihnen, was an den Orten geschah, wo die Waffen hergestellt wurden.

Zuerst war die Lage fast ausweglos – Männer in hohen Ämtern fanden sich schon fast bereit, dem Feind »Gnade!« zuzurufen. Doch nach der ersten Panik wurden Maßnahmen ergriffen, wie Merritt sie in seinem Bericht beschrieben hat. Die Arbeiter wurden mit speziellen Waffen ausgerüstet, Wachen zogen auf, Maschinengewehre wurden aufgestellt, Bomben und flüssiges Feuer bereitgehalten gegen die obszönen Horden des Feindes, und die feurigen Wolken begegneten einem sengenderen Feuer als es ihr eigenes war. Viele Todesfälle ereigneten sich bei den Fliegern; aber auch sie wurden mit speziellen Schußwaffen ausgerüstet, deren Schrotladungen weit streuten und so die dunklen Schwärme vertrieben, welche die Flugzeuge bedrohten.

Und dann, im Winter 1915–1916, endete der Schrecken so plötzlich wie er begonnen hatte. Ein Schaf war wieder ein ängstliches Geschöpf, das vor einem kleinen Kinde weglief; die Rinder waren wieder ernste, würdig-törichte Kreaturen, die niemandem ein Leid taten; der Geist boshafter Planung wich aus den Herzen aller Tiere. Die Ketten, die sie eine Weile abgeworfen hatten, wurden ihnen wieder umgelegt.

Und endlich kommt das unvermeidliche: Warum? Warum erkannten die Tiere, die dem Menschen demütig und geduldig untertan gewesen waren oder sich vor seiner Gegenwart geängstigt hatten, plötzlich ihre Kraft und lernten, sich zu verbünden und ihrem alten Herrn und Meister den bitteren Krieg zu erklären?

Es ist eine sehr schwierige und vertrackte Frage. Ich lege die Erklärung, die ich zu bieten habe, mit großem Zögern vor und bin nur allzu bereit, mich belehren zu lassen, wenn sich helleres Licht auf das Rätsel werfen läßt.

Einige meiner Freunde, deren Urteil ich höchlichst respektiere, neigen zu der Idee, daß so etwas wie eine Ansteckung am Haß stattgefunden haben muß. Sie meinen, daß die Wut einer ganzen kriegführenden Welt, die große Todesleidenschaft, welche die ganze Menschheit der Zerstörung entgegenzutreiben schien, endlich diese niederen Geschöpfe infiziert und ihnen statt ihres eingeborenen Instinkts zur Unterwerfung Zorn und wütende Raserei gegeben hat.

Das mag die Erklärung sein. Ich kann nicht sagen, daß sie es nicht ist, da ich nicht vorgebe, zu verstehen, wie das Universum funktioniert. Doch muß ich gestehen, daß mir die Theorie etwas weithergeholt erscheint. Es mag eine Infektion im Haß geben, wie es eine Pockeninfektion gibt; ich weiß es nicht, aber ich kann es kaum glauben.

Meiner Meinung zufolge – und es ist nur eine Meinung – muß die Ursache für den großen Aufstand der Tiere in einem sehr viel subtileren Bereich gesucht werden. Ich glaube, daß die Untertanen sich auflehnten, weil der König abgedankt hatte. Der Mensch hat die Tiere zu allen Zeiten beherrscht, das Geistige hat über das Rationale regiert: wegen jener besonderen spirituellen Qualität und Gnade, welche die Menschen besitzen, welche einen Menschen zu dem macht, was er ist. Und solange er an dieser Macht und Gnade festhielt, gab es – ich glaube, das ist ziemlich klar – zwischen ihm und den Tieren eine Art Vertrag und Allianz. Überlegenheit auf der einen Seite und Unterwerfung auf der anderen; aber gleichzeitig herrschte zwischen den beiden jene Freundlichkeit, die zwischen Herren und Untertanen in einem wohlorganisierten Staatswesen herrscht. Ich kenne einen Sozialisten, der behauptet, Chaucers *Canterbury Tales* gäben ein Bild wahrer Demokratie. So weit würde ich vielleicht nicht gehen, aber ich sehe, daß Ritter und Müller ganz angenehm miteinander auskommen konnten, eben weil der Ritter wußte, daß er ein Ritter war, und der Müller, daß er ein Müller war. Wenn der Ritter Gewisseneinwände gegen seinen ritterlichen Rang gehabt und der Müller keinen Grund gesehen hätte, weshalb er kein Ritter sein sollte, bin ich sicher, daß ihre Begegnung schwierig, unangenehm und vielleicht mörderisch verlaufen wäre.

So bei den Menschen. Ich glaube an die Kraft und Wahrheit der Tradition. Ein Gelehrter sagte vor ein paar Wochen zu mir: »Wenn ich zwischen dem, was die Tradition lehrt, und dem, was ein Dokument aussagt, zu wählen habe, glaube ich stets der Tradition. Dokumente können gefälscht sein und sind es oft; die Tradition ist nie gefälscht.« Das ist wahr, und deshalb darf man, glaube ich, der großen Zahl von Märchen und Überlieferungen vertrauen, die behaupten, daß es einst ein würdiges und freundliches Bündnis zwischen dem Menschen und den Tieren gegeben hat. Unsere volkstümliche Geschichte von Dick Whittington und seiner Katze stellt zweifellos die Umformung einer sehr alten Legende dar, die hier auf einen vergleichsweise modernen Charakter bezogen wurde, aber wir können in ferne Zeiten zurückgehen und in der Volkstradition Zeugnisse dafür finden, daß die Tiere nicht nur die Untertanen, sondern auch die Freunde des Menschen sind.

All dies war so kraft des einzigartigen spirituellen Elements im Menschen, das die rationalen Tiere nicht besitzen. Spirituell heißt nicht: wohlanständig, es heißt nicht einmal: moralisch, es bedeutet nicht »gut« im gewöhnlichen Sinne dieses Wortes. Es bedeutet das königliche Privileg des Menschen, das ihn von den Tieren trennt.

Durch lange Zeitalter hindurch hat er dieses Königsgewand abgestreift, er hat sich selbst das Öl der Konsekration von der Brust gewischt. Er hat ein ums andere Mal erklärt, daß er nicht spiritueller Natur ist, sondern rational, das heißt, den Tieren gleich, über welche er einst souverän regierte. Er hat geschworen, nicht Orpheus zu sein, sondern Caliban.

Doch die Tiere tragen auch etwas in sich, was dem spirituellen Element in den Menschen entspricht – wir sind's zufrieden, es Instinkt zu nennen. Sie bemerkten, daß der Thron leer war – nicht einmal Freundschaft war möglich zwischen ihnen und dem von sich selbst abgesetzten Monarchen. Wenn er kein König war, war er ein Scharlatan, ein Schwindler, ein Ding, das es zu zerstören galt.

Daher, glaube ich, kam der Schrecken. Sie haben sich einmal erhoben – sie mögen sich wieder erheben.

Arthur Machen zur Zeit des Erscheinens
von *The Great God Pan*

Nachwort
von Joachim Kalka

I.

> Es stand ein Glühen am Himmel, als würden die Türen eines großen Feuerofens geöffnet.
>
> ARTHUR MACHEN, *Der Berg der Träume*

Der immer wieder vergessene, immer wieder zu entdeckende Arthur Machen *(1863–1947) hat ein umfangreiches Werk hinterlassen, das eine ganze Reihe Texte von großer Originalität und starkem Reiz umfaßt. Seine Werke werden meist in Kategorien wie »Horror« oder *weird fiction* eingeordnet – nicht zu Unrecht, und doch gehören sie in einen größeren und eigenartigen Kontext. Machen ist als Mystiker zu bezeichnen. Trotz seiner Kontakte zu Geheimgesellschaften und trotz der zahlreichen einschlägigen Anspielungen in seinen Werken ist er allerdings eigentlich kein Okkultist, da ihn das Manipulative nicht interessiert. Er ist ein Adept der inneren Schau; an ihm läßt sich die *ästhetische* Seite der Mystik studieren. Das Zentrum seiner Literaturtheorie heißt *ecstasy*, und der Leser seiner großen verhüllten Lebensbeschreibungen – *The Hill of Trouble*, *Der verborgene Sieg* (Bd. 6 der vorliegenden Ausgabe) wird nicht leicht die überwältigenden Visionen vergessen, die Landschaft und Literatur den Protagonisten zuteilwerden lassen und die an ihr Innerstes rühren.

Die Einsamkeit der Kindheit, der ersten Jahre im Pfarrhaus von Llandewi bei Caerleon-on-Usk in einem etwas verträumten Erwachsenenhaushalt muß groß gewesen sein, aber das Elternhaus erscheint in Machens Texten immer mit liebevoller Melancholie umwoben, obwohl die Welt der Kinder oft als

* Der walisische Name reimt sich, wie eine Enzyklopädie schreibt, auf »to blacken« – was nicht ohne seinen geheimen Unterton ist.

eine der Bestialität geschildert wird (was dann seinen Niederschlag in Geschichten wie »The Bright Boy« findet). Und in der Welt der Schule gesellt sich zur Barbarei der Mitschüler die sadistische Vulgarität der Lehrer. *Der verborgene Sieg* enthält eine lange Satire auf das System der englischen *public school*, die so ausführlich und so diabolisch bitter ist, daß sich Machens Haß, aber auch seine Verletzbarkeit und Verletztheit ermessen lassen. Die (ambivalente, beunruhigende) Schönheit der Natur und die schon früh ausschweifende umfangreiche Lektüre trösten den Jungen. Machen hat zwei große Erfahrungen gemacht, die seine Kindheit und Jugend beherrschen und den Grundstoff seines späteren Schreibens abgeben: das wilde, in einem sehr tiefen und fast unheimlichen Sinne »romantische« Wales seiner frühen Jahre und das London, das Babylon einer entbehrungsreichen Jugend, wo er 1881 bis 1884 nach dem Abbruch des ungeliebten Medizinstudiums die *peine forte et dure* einer ärmlichen Existenz am Rand des literarischen Markts erduldete und das Geheimnis der Großstadt einsog, das im Grunde dasselbe wie jenes der Wald- und Hügellandschaft war: die labyrinthische Lockung eines unerschöpflichen Unbekannten, das sich von der eigenen unruhigen Phantasie bevölkern läßt. Die Drohungen, die Machen dem Wald und der Stadt erfunden hat, sind sein hauptsächlicher und mittlerweile klassischer Beitrag zur Literatur.

Die mühseligen Brotarbeiten im Literaturgeschäft – die allerdings auch so große Leistungen wie die Casanova-Übersetzung umfassen – nehmen langsam ab, als ihn die seit 1887 nach und nach ausbezahlte Erbschaft des Vaters auf fünfzehn Jahre einigermaßen unabhängig macht. Dieser Lebensabschnitt deckt sich ein gutes Stück weit mit dem Kern der literarischen Produktion Machens, und noch die darauffolgenden Werke scheinen vom Schub dieser komfortablen Jahre beflügelt. Machens Werk gehört fast einer einzigen Dekade. Trotz seines langen Lebens ist Machen im Grunde ein Autor der Jahrhundertwende, halb dem neunzehnten Jahrhundert, halb einer zwielichtigen Moderne angehörend – modern in jenem schillernd altmodischen Sinn, zu welchem die surrealistische Collage die Kolportageholzstiche des neunzehnten Jahrhunderts zusammenmontiert; eine tückisch naive Moderne. Eine der engsten Affinitäten zu seinem Werk stellt sich vielleicht verblüffenderweise mit Oscar Wildes *Das Bildnis des Dorian Gray* her, das 1895, ein Jahr nach Machens erstem großen Erfolg *Der Große Pan* (Bd. 4), erschien: zwei seltsame, verschieden-ähnliche Geschichten von spiritueller und körperlicher *corruptio*, die vor allem gemeinsam haben, daß sie das sogenannte Laster mit einem metaphysischen Ernst auffassen. Die Chronologie der wichtigsten Werke drängt sich in die Jahre 1894 bis 1907 zusammen, also genau um die Wendemarke des Jahrhunderts – *Der Große Pan* 1894, *Botschafter des Bösen* (Bd. 2) 1895, »Die weißen Gestalten« (enthalten in Bd. 3) 1899, *The Hill of Trouble* 1907, *Der verborgene Sieg* 1907 (veröffentlicht 1922); dazu tritt dann noch die Zeit des Ersten Weltkriegs. Davor, dahinter, dazwischen breitet sich die Vielfalt einer exzentrisch-kuriosen Produktion aus, von dem zur inneren Selbstrettung im kahlen Londoner Zimmer (wo er sich von »trocken Brot, grünem Tee und Tabak« ernährte) verfaßten barocken Pastiche *Anatomy of Tobacco* (1884) bis zu den autobiographischen Mäandern und theatralischen Essays der Spätzeit. Das Leben dieses versierten Literaten ist ein relativ ereignisloses zwischen früher Entbehrung und bescheidenem bürgerlichem Wohlstand gewesen, den ihm in den letzten Jahrzehnten oft die Loyalität jener Kritiker und Leser-Freunde sichert, die ihn direkt finanziell unterstützen; seit den zwanziger Jahren gibt es vor allem in den Vereinigten Staaten so etwas wie eine erste Wiederentdeckung in kleinen, aber literarisch einflußreichen Kreisen. Aus Machens mancherlei Büchern und Schriften ragen einige Texte von eigenartigem und bedrohlichem Umriß auf.

II. ... seine sich langsam steigernden Andeutungen und Enthüllungen ...

H. P. LOVECRAFT, *Supernatural Horror in Literature*

Spei sie an, und dein Entzücken / wandelt sich in Haß und Grauen, denn sie schrumpft vor dir zusammen, / und du kannst sie niederhauen! *Friedrich Hebbel*

Die Natur, die soviel an Kindheit, Sonnenuntergangsferne, an mystisch-unaussprechlich Schönem birgt, ist auch dämonisch; sie hat ihre Kehrseite. Die Wälder sind die Zuflucht des erniedrigten und beleidigten Knaben in den erwähnten Lebens-Romanen von Machens Jugend, aber das Waldesinnere ist auch Ort der Begegnung mit dem Monströsen. Eben jenes läßt Machen in seinem Roman *Der Große Pan* Gestalt – und dann Ungestalt – werden, wo Pan einmal im Sinn der symbolischen Literatur des Fin de siècle Faun, Satyr, Bock ist, naturhaft-bedrohliche Sexualität, aber auch weit mehr noch, nämlich *to pan*, die wabernde Formlosigkeit, die Auflösung der Menschengestalt ins Subhumane und schließt in einen einzigen zuckenden Klumpen organischer Materie. Hinter der schönen Frau tritt das Reptil zutage und schließlich das Alles und Nichts. Der faunische Bezug auf die Antike verbindet sich bei Machen mit den stets machtvoll glühenden Phantasiebildern aus der walisischen Traumlandschaft der Kindheit: den Erinnerungen an die römische Vergangenheit Britanniens. Und es gehören zu dem eigenartigen Amalgam von Archäologie und Dämonie auch die keltisch-präkeltischen *little people*, die Elfen, welche Machen – der sich mit dem chimärischen Gegenstand recht ernsthaft befaßt hat – nicht ohne Gelehrsamkeit als sinistres Urvolk darstellt, das sich vor den Eroberern ins Unterirdische zurückgezogen hat und dessen uralte magische Grausamkeit gnädiger- und beschwörenderweise in den sentimentalen Elfenzauber des Sommernachtstraums umgefälscht wurde. Die Archäologie, die *antiquarian interests* – das ist wie in den Gespenstergeschichten von M. R. James und bei Lovecraft – können nur ins Verderben führen, weil alle Vergangenheit ein mythisches Verhängnis enthält. Eine eigenartige Denkfigur, die der konservativen Trauer Machens um die geliebten alten Zeiten (von Rabelais, von den Gralsrittern, vom Pickwickclub) einen ängstlichen Ekel vor dem allzu Alten (und furchtbarerweise ewig Jungen) an die Seite stellt, das den Neugierigen in die unterirdische Welt verschleppt. Was bergen die alten Hügel? Was findet man dort? Es ist ein wenig zum Lachen, wie Machen das Grauen der Sexualität beschwört: »Und er zog eine seltsam geformte kleine Goldschmiedearbeit hervor und hielt sie hoch. ›Da‹, sagte er, ›das ist die Qual des Bockes‹. Phillipps und Dyson schrien gemeinsam auf vor Entsetzen über die abstoßende Obszönität des Dinges.« (»The Red Hand«) Zum Lachen, und doch auch wieder nicht. Machens altmodisches Mißtrauen dem Sexus gegenüber – das immer rasch eine klassische Assoziationskette Theweleitscher Männerphantasien entbindet (Sumpf, Schleim, Protoplasma, Fäulnis, Schlange), alles Bilder, die auf eine Rücknahme der Individuation hinauslaufen – ist sicher kein »gesundes«. Aber es registriert in seiner panischen, projektiven Nervosität auch hellsichtig, was es bedeuten kann, wenn sich jene verdrängte Natur des Triebes Bahn bricht, die er zwar nicht als deformierte durchschaut, deren Formlosigkeit er aber immer als mit der Grausamkeit verschwistert erkennt. So, wie er einen guten Blick für die menschliche Gemeinheit hat – die ihn durchaus fasziniert, wie die Fragmente einer sadistischen Ästhetik in *Botschafter des Bösen* belegen – und insbesondere die Niederträchtigkeit des Kindes kennt (»Die Jungtiere der Menschenart waren wirklich zu entsetzlich«, heißt es im *Hill of Trouble*), liest er den Äußerungen menschlicher Triebnatur Gefahrensignale ab. Eine optimistisch-aufklärerische Psychologie interessiert ihn nicht, aber auch da, wo die Literatur der Décadence – mit der ihn manches verbindet; Beardsley hat *Der Große Pan* illustriert – aus dem Unheimlichen noch dekorativ Vignetten flicht, weigert er sich, etwas anderes zu sehen als den »schwarzen Sumpf, aus dem der Mensch einst kam«. Der schwarze Kitsch seiner Ekelphantasien, der sich zu alptraumhafter Kraft steigern kann, speist sich aus einer Kennerschaft dessen, was im Menschen stecken kann: seine Bilder halten die Angstlust der Regression fest. Und manchmal weiß man es selber nicht: »Ein Mann mag unendlich und entsetzlich sündhaft sein und es niemals ahnen« (»Die weißen Gestalten«).

III. In der Stadt der Begegnungen, im Bagdad des Westens, und, um genauer zu sein, auf dem breiten nördlichen Bürgersteig des Leicester Square...

R. L. STEVENSON, *The Dynamiter*

Es ist eine eigene Sache, Austin, nachts in London alleine zu sein, wenn die Reihen der Gaslaternen in der Ferne kleiner werden und verschwinden, und dann vielleicht das Rollen und Klirren einer Droschke auf den Pflastersteinen, und die Funken, die unter den Hufen des Pferdes stieben!

ARTHUR MACHEN, *Der Große Pan*

Es ist ein Hobby von mir, über eine präzise Kenntnis von London zu verfügen.

CONAN DOYLE, *Die Liga der Rothaarigen*

Der ursprüngliche gesellschaftliche Inhalt der Detektivgeschichte ist die Verwischung der Spuren des einzelnen in der Großstadtmenge.

WALTER BENJAMIN, *Charles Baudelaire: ein Lyriker im Zeitalter des Hochkapitalismus*

Lovecraft hat an Machens *Botschafter des Bösen* sanft das getadelt, was er den »flotten Stevensonschen Tonfall« nennt. Damit ist in der Tat die (von Machen stets selbst herausgestellte) Quelle jenes Textes benannt, der wie kein anderer Machens die Magie der großen Stadt London einfängt. Als Modell dienten Stevensons *New Arabian Nights*, deren Titel seinerseits Harun al Raschids Streifzüge und die Märchen aus Tausendundeiner Nacht beschwört. Der Vorwurf läßt aber eher eine Idiosynkrasie Lovecrafts ahnen (der die Großstadt immer gehaßt und New York buchstäblich als Höllenpfuhl erlebt und beschrieben hat), als daß er eine berechtigte Kritik enthielte. Machen ist nicht immer auf der Höhe Stevensons, aber er teilt mit ihm ein naiv-ironisches Vertrauen in die Zauberkräfte der Großstadt, den Appetit auf dieses unausschreitbare Bagdad (wie auch er es im Vorwort zu den *Botschaftern* nennt), einen Blick für das Unerwartete auf der Staße.

Durch dieses Bagdad flaniert ein unschuldiger Detektiv, der alle Regeln seines Handwerks ignoriert oder sich geradezu ein neues erfindet. Es ist, als ob das Prinzip, mit dem das Abenteuer in Dumas' *Mohicans de Paris* beginnen soll – einem bestimmten vom Wind verwehten Papierfetzen durch die Straßen zu folgen – zur Grundlage der Kriminalistik gemacht würde. Es ist gleich, wohin man geht: überall gibt es etwas interessant Verdächtiges, und die verfolgte Spur *muß* an irgendeiner Ecke wieder auftauchen, wenn man dort nur ein Weilchen zu warten weiß. Es schlägt hier eine eigenartig unbefangene Freude an der großen Stadt und ihrem Reichtum an Reizen durch, ein fast kindliches Vergnügen an ihrer grellbunten Lockung, die nirgendwo in solcher Reinheit auftritt wie im Detektivroman. Was Chesterton in seiner »Verteidigung des Detektivromans« schreibt, läßt sich geradewegs auf Machens London-Geschichten beziehen: »Diese Einsicht, daß eine große Stadt an sich etwas Wildes und Naturhaftes hat, besitzt im Detektivroman ihre Ilias. Es muß jedem Leser auffallen, daß der Held oder der Detektiv in diesen Geschichten mit der Einsamkeit und Freiheit des Prinzen in einem Elfenmärchen« – im Zusammenhang mit Machen eine recht finstere Anspielung – »durch London gehen, daß im Verlauf dieser unberechenbaren Reise der zufällige Omnibus die Urfarben eines Zauberschiffs annimmt. Die Lichter der Stadt beginnen wie unzählige Koboldaugen zu glühen, weil sie die Wächter eines – wie immer kruden – Geheimnisses sind, das der Autor kennt und der Leser nicht. Jede Straßenbiegung ist wie ein Finger, der darauf deutet; jede phantastische Dachsilhouette voller Schornsteine scheint wild und höhnisch die Lösung des Rätsels zu signalisieren«.

Das ist ein Behagen am Geheimnis, dem von der eigenen Neugier stets neu erschaffenen Rätsel, das Machens gaffende Flaneure immer wieder mit großem Gusto diskutieren. Daß es ein noch dunkleres Geheimnis gibt, müssen sie erfahren, wenn sie es vielleicht auch nicht ganz begreifen.

Bemerkenswerterweise nämlich hat Machen eine frühe Form (lange Zeit wohl die am schärfsten ausgeprägte) jener Detektivgeschichte entwickelt, welche die Logik der Menschenjagd umdreht und die *wahren* Detektive böse sein läßt, grundsätzlich böse und grausam. Die drei Emissäre des Dr. Lipsius, die als *Botschafter des Bösen* ihre bizarren Geschichten spinnen, um die Leute auszuhorchen, sind wie dem Château von Silling entsprungene Häscher: Bei all ihrer Urbanität und ihrem Talent, elegante Lügen zu improvisieren, weiß der Leser bereits zu Beginn, daß es Folterknechte sind. Es gehört zu den großen Leistungen Machens, daß er in diesem unterschätzten Werk den Akt des Erzählens nicht nur mit der Lüge (das wissen wir schon lange), sondern auch mit der Grausamkeit verknüpft hat. Auf Silling, während der Tage von Sodom, lauschen die Sadisten den Erzählungen ihrer Kreaturen; hier erzählen sie selber und können sich oft kaum das Lachen verbeißen.

Der häufig seltsam flüchtige, zusammengeflickte Duktus mancher Geschichten entspricht einerseits der Ohnmacht des Autors – wie oft beschreibt Machen die Qual des Schriftstellers, zur erhabenen Idee, zum herrlichen Anfang die befriedigende Weiterführung zu finden! (Aber sein alter ego in *The Hill of Trouble* lernt auch, daß der Anfang allein schon alles sein kann: »Nicht länger ekelte ihn der Anblick einer begonnenen und nicht zu Ende gebrachten Erzählung.«) Andererseits ist diese sich der Montage nähernde Technik der adäquate Ausdruck der vielgestaltigen, »schlampigen«, lose ineinandergefügten Babel-Struktur der Stadt und ihres Rätsels. Und die Nonchalance, mit der die Erzähler fabeln, abschweifen und das Wesentliche vergessen, gehört zum Geheimnis der Lügenboten: Es ist die Dreiseitigkeit der Allmacht.

Erzählte Geschichten haben die Funktion der Ablenkung; zu den geheimen Leerstellen, die sie umkreisen, gehört als für Machen ewig dämonisches Rätsel wiederum die Sexualität. In diesem nostalgisch durchschweiften Gaslicht-London (Machen schreibt wie Stevenson zu einer Zeit, da die Gaslaternen kurz vor ihrem Erlöschen stehen – schon strahlen einzelne elektrische Lampen – und um so auratischer leuchten), in dieser Stadt, die Machen durch den Mund seiner Figuren als schöner denn Paris – das von Hausmann verunstaltete Paris! – rühmen läßt, stellt sich der ansonsten ignorierte gesellschaftliche Zusammenhang phantomatisch durch Verschwörungen her, und diese sind orgiastischer Natur. Das Geld kommt vor: als Goldmünze der Antike, fluchbeladenes Andenken eines kaiserlichen Exzesses. Sie zeigt als Kehrseite einen Faun und die drohende Inschrift VICTORIA.

IV. Doch war es klar, daß in dieser Kunst, eine bestimmte Manier zu treffen, eine bestimmte Technik der Andeutung, all die Hauptgeheimnisse der Literatur lagen, daß mit ihr all die großen Wunder getan wurden. Offensichtlich war das nicht eine Frage des Stils, denn Stil an sich war unübersetzbar, sondern es war die hohe theurgische Magie, die den englischen *Don Quixote*, grob übertragen von einem gewissen Jervas, zum vielleicht besten aller englischen Bücher machte. Und dasselbe Element machte aus der Reise von Roderick Random nach London – scheinbar einer Geschichte aus groben Witzen, alltäglichen Begebenheiten und burlesker Sittenschilderung – eine ihrem Wesen nach wunderbare Vision des 18. Jahrhunderts, die einem das

> Aroma der großen Landstraße nach Norden förmlich in die Nase steigen ließ, wie sie hartgefroren im düsteren Frostwetter dalag, im Dunkel erschauernder Wälder, von Räubern durchstreift, wo ein Abenteuer hinter jeder Wegbiegung wartete und große alte hallende Wirtshäuser inmitten öder Winterlandschaften standen.
>
> ARTUR MACHEN, *The Hill of Trouble*

Machen ist zeit seines Lebens ein – nolens volens – emsiger Literat gewesen (der hinreißende Schilderungen der ewigen Unzufriedenheit des Autors mit seinen Werken hinterlassen hat); er ist Connaisseur entlegener Texte und Traditionen, in welchen er als Kompilator von Antiquariatskatalogen jahrzehntelang berufsmäßig herumfuhrwerkt; ist ein gescheiter Journalist (von 1910 bis 1921, als ein verfrühter Nachruf auf Lord Alfred Douglas seine Zeitung 1000 Pfund und ihn selbst seine Stellung kostete, wirkte er in der Redaktion der *Evening News* mit), ein bedeutender Übersetzer (neben dem *Heptameron* der Marguerite von Navarra und Beroalde de Vervilles *Moyen de parvenir* ist hier vor allem die hochgerühmte Casanovaübertragung zu erwähnen). Er hat in seinen altväterischen Essays, in denen überraschende Glanzlichter funkeln, viele kuriose Themen kurios behandelt und in *Hieroglyphics* (1902) eine eigenwillige Ästhetik formuliert – weniger systematisch als über starke Gefühlsreize. Ein Schlüsselbegriff ist *ecstasy*, eben das, was nicht zu systematisieren ist. So, wie er als Mitglied des *Hermetic Order of the Golden Dawn* – jener seltsamen und geheimnisumwitterten Rosenkreuzergesellschaft, der er allerdings erst spät (21. 11. 1899), nach der eigentlich virulenten Phase, beigetreten ist – an der ritualistischen Seite der Geheimlehren (im Gegensatz zu Yeats) fast völlig desinteressiert gewesen zu sein scheint, so reizen ihn begriffliche Einteilungen nur bis zu einem gewissen Grad (*art* und *artifice*, Kunst und Künstlichkeit, sind eher Hilfskonstruktionen ex post). Große Literatur speist sich aus Imponderabilien – »Wunder«, »Zauber«.

Arthur Machen etwa Ende der dreißiger Jahre

Es ist kein schlechter Weg, sich so seinem eigenen Œuvre zu nähern. Zwar weiß der arge Dr. Lipsius in den *Botschaftern des Bösen*, daß »der Stil alles ist«, Machen aber ist eher an leuchtenden Bildern, optischen Valeurs, Rätsel-Themen interessiert. Nur so kann es zugehen, daß er zum Beispiel den Stil von Jane Austen und den von Flaubert (ausgerechnet! und: ausgerechnet!) als subaltern einstuft, weil er fälschlicherweise bei diesen Autoren bloße Gesellschaftsschilderung wahrnimmt. Dieser Schwäche Machens entspricht seine große Stärke in der Evokation jenes Wunderbaren und Zauberischen, die am besten gelingt, wo sie tastend, stokkend, fragmentarisch bleibt. Diese Fragmente aber sind erstaunlich.

Dabei wird Machen durch einen scharfen Blick für die Bilder des Ungeheuerlichen im Alltäglichen geleitet. Die typische – nur zweieinhalb Seiten umfassende – Erzählung »Psychology« handelt von einem Mann, der einen Tag lang immer wieder notiert, was ihm durch den Kopf geht (»Manchmal schien er gewisse Schwierigkeiten beim Schreiben zu haben, als hemmte eine Aufwallung von Scham oder sogar ungläubiger Überraschung seine Hand«)... »›Und jeden Tag... führen wir zwei Leben, und unsere halbe Seele ist Wahn, und der halbe Himmel von einer schwarzen Sonne erleuchtet. Ich nenne mich einen Menschen, aber wer ist dieser andere, der sich in mir verbirgt?‹« Machens Unruhe hinsichtlich dieser Nachtseite verdichtet sich gelegentlich zu Beschreibungen einer genuin *fremden* Welt. Ein Höhepunkt solcher Fremdheit ist die Erzählung »Die weißen Gestalten«, welche die Aufzeichnungen eines jungen Mädchens wiedergibt, das in kunstloser Prosa mit vielen Wiederholungen und unbekannten Wörtern und Namen unbegreifliche Erfahrungen aufschreibt, die von einer visionären »Andersartigkeit« sind.

Solche teils auf dem archaischen Grundriß des Märchens, teils auf den labyrinthischen Fundamenten der Kolportage errichteten Mystik-Fiktionen haben ihren unvergleichbar eigenen Duktus (wollte man doch vergleichen, wäre vielleicht das nächstliegende Beispiel eines solch halluzinatorisch-widersprüchlichen Erzählens Gustav Meyrink). Machen ist oft ein großer Erzähler. Modern ist er bei aller Leidenschaft für die alten Geschichten in seinem Bewußtsein von der Artifizialität des Erzählens – vom Erzählen als einer melodramatischen Operation zwischen Hypnose und Augenzwinkern. Ineinandergeschachtelte Narrationen, die in der Kneipe oder im Schlafzimmer der Toten zufällig gefundenen Notizbücher, Lügen und Zeitungsausschnitte und konfuse ärztliche Gutachten . . . und alles paßt nicht *ganz* zusammen. Durch die Ritzen der Texte sehen seltsame Gesichter. Faunsfratzen oft (Machen ist dem *Golden Dawn* mit dem Ordensnamen »Avallaunius« beigetreten, der von ihm an anderer Stelle in engster Nähe mit dem Satyrischen zusammengebracht wird); aber auch andere.

V. Das ist das Ende der We-helt!

Betrunkener Gast in »The Birds«

Machen hat 1917 *Furcht und Schrecken* (Bd. 1 der Werke) geschrieben – die Vision eines Aufstands der Tiere, möglicherweise das Vorbild für Daphne du Mauriers Erzählung »The Birds«, deren Verfilmung durch Alfred Hitchcock 1963 so etwas wie die klassische Formulierung des Themas geworden ist. Bei Hitchcock gibt es keinen Grund für das unbegreifliche Unheil. Machens sehr subtile Erzählungsführung, die mit geschickt in die Irre führenden Topoi der Detektiv-, Agenten- und Gespenstergeschichte spielt, kulmuliert in einer mystischen Meditation über die spirituelle Abdankung des Menschen, der die Herrschaft über die Tierwelt kraft seiner geistigen Abstumpfung verliert. Selten ist ihm die Verknüpfung von eigenwilliger Reflexion und spannendem Erzählen so glücklich gelungen.

Zu Beginn von *Furcht und Schrecken* spielt Machen auf jenen

Text an, der seinen größten Erfolg zu Lebzeiten darstellte: die in zahlreichen Zeitschriften nachgedruckte Erzählung »The Bowmen«, eine Weltkriegs-Legende vom Eingreifen der »Engel von Mons«: der Geister mittelalterlicher englischer Bogenschützen, geführt vom Heiligen Georg, an der Seite der britischen Infanterie in Belgien. Die Echos, die den 1914 in den *Evening News* erschienenen Text begleitet haben, wären ein schönes Thema für eine Analyse zur Logik des Gerüchts, wie Machen selbst ironisch konstatiert. Sind »The Bowmen« eher der Höhepunkt von Machens journalistischer Arbeit zu nennen, so ist *Furcht und Schrecken* der letzte der großen Phantasie-Texte dieses wiederzuentdeckenden Geheimniserzählers.

Stuttgart, im Oktober 1992